旅伴文库·锦囊旧书

聂震宁／总主编
刘硕良／主编

西方爱情诗选

XIFANG AIQINGSHI XUAN

莫家祥／高子居——编

漓江出版社

图书在版编目 (CIP) 数据

西方爱情诗选 / 莫家祥，高子居编 . — 桂林 : 漓江出版社 , 2019.5
（旅伴文库 · 锦囊旧书）
ISBN 978-7-5407-8531-4

Ⅰ . ①西… Ⅱ . ①莫… ②高… Ⅲ . ①爱情诗 – 诗集 – 西方国家
Ⅳ . ① 112

中国版本图书馆 CIP 数据核字 (2018) 第 219190 号

西方爱情诗选

莫家祥　高子居　编

出 版 人　刘迪才
出 品 人　张谦
责任编辑　张谦
助理编辑　孙精精
书籍设计　石绍康
责任监印　张璐

出版发行　漓江出版社有限公司
社址　广西桂林市南环路 22 号　邮编　541002
发行电话　010-85893190　0773-2583322
传真　010-85890870-814　0773-2582200
邮购热线　0773-2583322
电子信箱　ljcbs@163.com
网址　http://www.lijiangbook.com
印制　三河市中晟雅豪印务有限公司
[河北省三河市洵阳镇错桥村　邮编　065299]
开本　880mm × 1100mm　1/32
印张　12.25　字数　208 千字　插页　16
版次　2019 年 5 月第 1 版　印次　2019 年 5 月第 1 次印刷
书号　ISBN 978-7-5407-8531-4
定价　49.80 元

出版说明

《旅伴文库·锦囊旧书》，从改革开放初期的80年代，即漓江出版社初创阶段，广西最早走向全国的畅销外国文学名著中遴选书目，旨在重温党的十一届三中全会开创的改革开放新时期的光辉岁月。选题视野开阔，经典意义鲜明，且多属市场稀缺之作，在全国以至海外产生过很大影响，至今仍在市场上具有竞争力。

漓江出版社是改革开放的产物，又是改革开放的见证者、促进者、服务者。在不断深化改革开放的新时代，出版这样一套经典文集，既是对漓江优秀传统出版物的一次有效梳理，更是对改革开放成果的纪念性回顾。

宝物压舱，好货沉底。书虽曰旧，读之弥新。此番重印，装帧设计统一，内文略有校正，并在可能条件下增入译者附言，或相关资料、图片，以期焕发更多新的光彩，为更多的后来读者服务。

在此谨向诸位译著者致以深切的谢意，对业已离世的先贤哲友表示深深的怀念！

刘硕良

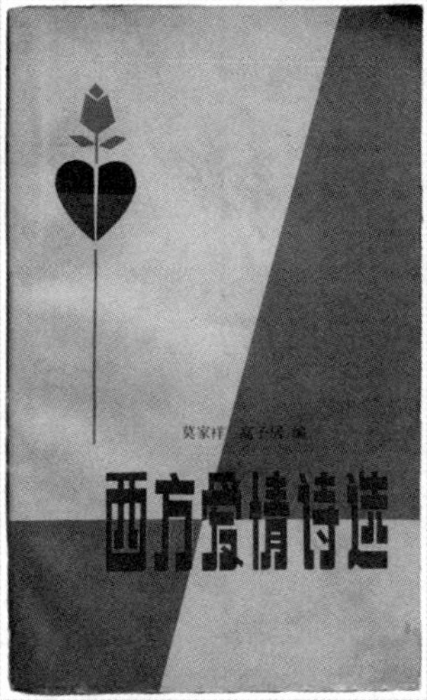

《西方爱情诗选》1981 年版封面

《西方爱情诗选》1987 年版封面

西方爱情诗选

莫家祥　高子居　编

漓江出版社

《西方爱情诗选》原版内封

莫家祥像

莫家祥，祖籍广西壮族自治区玉林市兴业县泉村。曾就读于玉林三中（今兴业县高中）、玉林高中，1962 年武汉大学中文系毕业后留校工作至退休。副研究员。

高子居像

高子居，男，1957年生，广西贵港人。中共广西区委党校法学教授。1982年初毕业于武汉大学历史系。在校就读期间，与莫家祥老师合作编著出版了《西方爱情诗选》。毕业后长期从事干部教育培训工作。曾先后担任过自治区党校法学部等部门多年领导职务，并兼任过自治区人大及南宁市人大立法咨询专家、自治区经济法研究会副会长、南宁市仲裁委仲裁员等职。主编及参编出版了《市场经济法概论》《新编行政法教程》等多部著作和教材，发表论文若干篇，曾获自治区社科成果三等奖等奖项。

目 录 / Contents

※ 古希腊 ※

※ 美 国 ※

※ 智 利 ※

※ 古 巴 ※

※ 巴 西 ※

※ 墨西哥 ※

※ 澳大利亚 ※

※ 欧美民歌 ※

※ 补 白 ※

前 言

爱情是鲜花，令人爱赏；是美酒，使人陶醉；是希望，令人奋发；也是动力，使人前进。古往今来，多少人赞美她、讴歌她，多少人憧憬她、追求她。从古希腊的抒情诗人到近代、现代和当代的文学巨匠，在他们创造的文学宝库中，留下了无数不朽的爱情篇章。

爱情诗歌，是文苑百花园里的奇葩，它以清幽的芳香，沁人肺腑，长期来为人们所喜爱，为青年人所采摘。但是，过去翻译的爱情诗歌往往分散在各种书刊中，极少单独结集出版。许多读者特别是青年读者希望能读到外国爱情诗歌的名篇专辑。为了满足广大读者的要求，为了丰富青年朋友们的精神生活，让大家得到美的熏陶，艺术的享受，并继承和借鉴文学大师们的宝贵遗产，我们在漓江出版社的热情支持下，选编了这本《西方爱情诗选》。

《西方爱情诗选》收诗歌二百零五首，包括欧美十八个国家六十位作家的诗作一百九十二首，欧美流行民歌十一首。澳大利亚作家的两首也收在内。我们在选收作品时，比较注意地区的广泛性，作家、作品的代表性，和题材、风格、流派的多样性。除收入在我国久已脍炙人口的名家力作外，对那些独树一帜、影响颇大而在我国介绍较少的著名诗人的作品，也收入了相当一部分。入选诗章，既有从古希腊时代到十九世纪杰出作家如萨福、乔叟、莎士比亚、拜伦、雪莱、彭斯、华兹华斯、勃朗宁夫人、歌德、海涅、贝朗瑞、波德莱尔、普希金、莱蒙托夫、裴多菲、密茨凯维支、朗费罗、惠特曼的绝唱名篇，又有近世著名诗人如勃洛克、叶赛宁、阿赫玛托娃、西蒙诺夫、聂鲁达，和现代派诗人如阿波里奈、叶芝、夸西莫多的精粹之作。

诗选内容丰富多彩，无论是热烈的欢恋、执着的追求，还是深情的怀念、幸福的企望，都扣人心弦，韵味无穷。好些诗歌不仅赞美了对爱情的真诚和坚贞，颂扬了超脱世俗观念的纯洁灵魂和高尚情操，而且从社会的角度，从爱情与自由、爱情与斗争的关系来抒写爱情，探索了爱情的真谛和获得爱情的幸福之途，谴责了见异思迁、背信负义，只图外貌、唯问钱财，以及爱情至上的思想行为。这些反映了一定社会内容，兼有生活情趣和道德力量的诗歌，是能够给人以有益的启迪的。在艺术风格上，这部诗选更是五彩缤纷，琳琅满目。有的激情如火，感人心怀；有的柔情似水，婉约缠绵；有的笔触细腻，娓娓动听。表现手法因人而异，艺术特色个个不同。总的来说，情调健康，形式优美，具有强烈的艺术魅力。我们希望这本诗选能成为吹进青年心扉的一丝春风，飘荡在朋友们胸中的一支乐曲；成为射进你情窦深处的一缕阳光，洒在你生活绿叶上的一滴晨露。我们也相信青年朋友们在欣赏这些异域奇葩时，会注意到作家所处的时代不同、国度不同，从而在正确理解的基础上吸取其有益心灵健康的养料，扬弃其个别篇章中难免不适应今天时代的成分。

选入本书的作品，多数采自各种书刊，少数为特约的新译稿。对选有作品的诗人都做了简要的介绍，以帮助读者大略了解诗人在文学史上的地位、贡献以及主要作品和诗歌特色。由于篇幅所限，我们的水平又低，取舍衡量不尽恰当，必然还有不少优秀诗歌未能入选，编选中其他的缺点也会存在。我们衷心地希望读者和专家们给予批评指正，使本书在有机会再版或出版续集时能提高质量，逐步完善。

本书在选编过程中，得到陈守成、阮珅和王耀南同志的大力支持，不少同志提出过宝贵的意见。在此，我们谨对以上同志以及本书诗歌译者，一并致以深切的谢意。

编　者

一九八〇年十二月于珞珈山

德　国

卡尔·马克思（1818—1883）四首

全世界无产阶级革命导师卡尔·马克思和燕妮的爱情纯真高洁，深挚动人。他们的结合被誉为“举世无双的结合”。《给燕妮》三首诗作于婚前的1836—1837年间。马克思逝世后，他的女儿劳拉·拉法格把这三首诗交给马克思传记作者梅林，但后来却散失了。直至1954年才发现了两首，其余一首到1960年才从马克思的外曾孙马·沙·龙格处找到。此处译文是从俄文版《星火》译出的。

给燕妮（三首）

自由体十四行诗

一

燕妮，你笑吧！你会惊奇
为什么在我所有的诗章里
只有一个标题：《给燕妮》！
要知道世界上唯有你，
对我是鼓舞的泉源，

对我是天才的慰藉，
对我是闪烁在灵魂深处的思想光辉。
这一切一切呀，都隐藏在你的名字里！

燕妮，你的名字——每一个字母——都显得
　神奇！
它发出的每一个音响是多么美妙动听，
它奏出的每一章乐曲都萦绕在我耳际，
仿佛是神话故事中善良美好的神灵，
仿佛是春夜里明月熠熠闪耀的银辉，
仿佛是金色的琴弦弹出的微妙声音。

二

尽管书页数不尽，
我也能让你的名字把千千万
　万卷书籍填满，
让你的名字在里面燃起思想的火焰，
让战斗意志和事业的喷泉一同迸溅，
让现实生活永恒的持久的真理揭晓，
让整个诗的世界在人类历史上出现，
那时愿旧世纪悲鸣，愿新时代欢欣。

让宇宙啊，亿万斯年永远光芒不息！

燕妮的名字，哪怕刻在沙粒般的骰子里，
我也能够把它念出！
温柔的风送来了燕妮的名字，
好像给我捎来了幸福的讯息，
我将永远讴歌它——让人们知悉，
爱情的化身啊，便是这名字燕妮！

三

言语是什么？难道是为了表达碌碌无为？
难道是为了传播荒诞无稽？
它能否述说出高贵的感情？
而我的爱情啊，是个魁伟的巨人，
　它能倒海翻江，它能把高山夷平！
啊，言语！你这精神宝库的偷儿！
可以把一切都缩小和贬低，
唯独只爱尽情地歌颂赞美，
人们不愿公开张扬的秘密。

燕妮！要是我能控制迅雷的轰鸣，

要是我能掌握语言的精灵，
我便要在整个世界的高空，
用耀眼的闪电编织成文字，
向你表达我的衷心的爱情，
让全世界长久地把你牢记！

黄伟经　译
（选自《羊城晚报》1981 年 5 月 2 日）

思　念

燕妮，即使大地盘旋回翔，
你比太阳和天空更光亮。
任凭世人把我无限责难，
只要你对我爱，我一切甘当。
思念比永恒的宇宙要久常，
比太空的殿宇还高昂，
比幻想之国还更加美丽，
焦急的心灵——深过海洋。

思念无边，无穷无尽，
你给我留下来的形象——

像似神灵塑造的一样，
使我永远把你记在心上。

你值得思念，但思念一词
无力表达我热烈的心肠；
可以说，思念似火在燃烧，
在我的心中永远永远激荡。

李显荣 译
（选自《长江文艺》1979 年第 2 期）

瓦尔特（约1170—约1230）两首

德国中世纪伟大的抒情诗人，写作宫廷抒情诗和格言诗。最著名的诗作有《我坐在石头上》和富有民歌风味的《菩提树下》《环舞》等。

我心爱的少女

我心爱的少女，
愿天主时时赐你幸福！
我要是还能为你祷告什么，
我决不会有一点犹豫。
我还有什么话可讲，
除了说没有人比我更爱你？
这真使我的心儿忧伤。

许多人都责难我，说我
现在要为寒微的少女歌唱。
要是他们能够想一想，

什么是爱情——就会默然不响。
爱情永不会使他们幸运：
他们爱的是财产和美貌，唉，
这是一种什么爱情！

　　憎恨常常和美貌住在一起，
不要太过草率地追求着美貌；
外表虽然能获得你的欢心，
可是温柔却比美貌更加重要。
温柔才能使妇人变得美丽：
漂亮的外表值得人们爱慕，
人们还没有见过此事。

　　我已忍受又忍受，
我还要忍受世人的非议：
你是美丽而且富足。
让他们随便议论，可是：
我的心中只爱你一位，
我把你的玻璃戒指看得比
贵妇人的金器还要珍贵。

　　你要是忠实而不变心，

那我就用不着担忧：
因为你的轻浮放荡，
将来会使我的心里生愁。
如果你有违背的行为，
那我就永远不会占有你，唉。
那样多么使我心碎！

菩提树下

　在郊野里的
菩提树下，
那是我们两人的卧床，
　你还可以看到
我们采摘了
许多花草铺在那处地方。
　在森林边的山谷里，
汤达拉达伊！
夜莺的歌声多么甜蜜。

　我走到了
那处郊野里，

我的爱人已经先我莅临。
　他向我热烈欢迎，
幸福的圣母！
我看到他是多么高兴。
　他会和我吻个不停？
汤达拉达伊！
瞧，我这殷红的嘴唇。

　他于是用了
一些鲜花
铺成了一座富丽的卧床。
　要是有人
来到这条路上，
定被他笑话一场。
　他将会看到我，
汤达拉达伊！
枕着蔷薇花儿酣卧。

　要是有人知道，
他躺在我的身旁，
天啊！真叫我羞羞答答！
　但愿没有人，

会知道我们

所干的事情，除了我和他

　以及一只小鸟：

汤达拉达伊！

它不会告诉他人知道。

钱春绮　译

（选自《德国诗选》，上海文艺出版社，1960 年）

> 人们在那里高谈阔论着天启和灵感之类的东西，而我却像首饰匠打金锁链那样精心地劳动着，把一个个小环非常合适地连接起来。
>
> ——海涅

萨克斯（1494—1576）一首

德国诗人、剧作家。十六世纪德国市民文学的代表。生于裁缝家庭，本人是鞋匠。业余从事文艺创作，并将诗谱成歌曲。他的作品多达六千余篇。青年时代的歌德对他做过很高的评价。

玛格达列娜歌 *

在碧绿的五月里，
快乐的夏季使我欣喜，
因为我心上的人儿，
那位世间最可爱的女子，
她最爱这个季节，
永远地没有变易。

啊，五月，你高贵的五月，
你把那碧绿的森林，

---

* 这是汉斯·萨克斯献给他爱人的一首诗。共九节，每节的第一个字母抽出来拼在一起，正好是 MAGDALENA，凑成一个女子的名字。故后人将本诗冠以此题。

用无数的鲜花打扮得
堂皇富丽而喜气盈盈，
让我那丰姿绰约的情人
在里面彳亍前行！

上帝，我愿你赐给我，
在这绿色的五月里，
一种愉快而健康的生活，
还有那温柔而美丽的女子，
你为我选中的女子，
让她给我爱情的宠赐！

因此，你碧绿的五月，
我只是想念那位女子，
那位使我的心儿欢喜、
使我发出无数叹息的女子，
只要我依旧活在人世，
我的心总不会把她背弃！

啊，我最高贵的宝贝，
请你保持名誉和忠实，
不要因坏人搬弄是非

而让你和我背离，
不要在你的心里
给他们的谎言留下位置。

爱人啊，愿上帝保佑！
你能彻底看透我的心肠，
我的心正感到爱情的烦恼，
为了你受着重伤！
只要你给它一句话的安慰，
我的心就会恢复健康。

只要我成为你的爱人，
我将永远地欣喜不置，
我将忠实地伺候着你，
别怕我有什么三心两意！
从上帝和你那里，
我只要求荣誉和幸福的赏赐。

不论是白银，是黄金，
都不是我所恋慕的东西，
我只恋慕着你，心上人，
只要我依旧活在人世，

我要发誓向你保证
我的全部爱情、名誉和忠实。

啊，不要离弃我，
在爱情的开端！
我得靠着希望度日，
在我的毕生之间！
我要用诗歌祝福你
千千万万的晚安！

钱春绮　译
（选自《德国诗选》，上海文艺出版社，1960 年）

西蒙·达赫（1605—1659）一首

德国诗人。以抒情诗见称，他写的《塔劳的安馨》流传至今，已成为一首著名的民歌。

塔劳的安馨

塔劳的安馨，我对她很钟情，
她是我的生命，我的财富，我的黄金。
塔劳的安馨，不管痛苦和欢欣，
总对我献出她那一颗芳心。
塔劳的安馨，我的资产，我的财富，
你，我的灵魂，我的血，我的肉！

不管我们遭遇到怎样怕人的雷雨，
我们总拿定主意要互相帮助。
疾病、迫害、忧愁和痛苦，
只会使我们的爱情更加巩固。
塔劳的安馨，我的光，我的太阳，

我的生命要和你的融洽在一起至死不忘！

就像一棵棕榈树依旧玉立亭亭，
不管暴雨狂风曾一度将它侵凌，
在重重的烦恼和厄运煎逼之下，
我们的爱情也将变得坚强而伟大！
塔劳的安馨，我的资产，我的财富，
你，我的灵魂，我的血，我的肉！

即使有一天你要离我他往，
去到那难得看见太阳的地方，
我也跟着你，穿过大海和森林，
穿过冰霜、牢狱和敌人的大军！
塔劳的安馨，我的光，我的太阳，
我的生命要和你的融洽在一起至死不忘！

钱春绮 译

（选自《德国诗选》，上海文艺出版社，1960 年）

歌 德（1749—1832）六首

德国伟大诗人，德国古典文学和民族文学的主要代表。除诗歌、戏剧、小说外，在文艺理论、哲学、历史学、造型艺术和自然科学等许多领域，均成就卓著。代表作为长达一万二千余行的不朽诗剧《浮士德》。重要作品还有小说《少年维特之烦恼》《维廉·麦斯特》，历史剧《葛兹·冯·伯里欣根》，长诗《普罗米修斯》等。他的抒情诗优美动人，一些名诗被许多大音乐家谱成乐曲，流传世界。

相逢与离别 *

我的心在跳，赶快上马！
霎时间立即奔上征途；
黄昏已把大地摇入睡乡，

* 1771 年春作，歌德此时正热恋着塞森海姆牧师的女儿芙丽德利凯·布利翁。本诗曾由舒伯特等作曲。

群山笼罩着一片夜幕；
槲树已披上云雾的衣裳，
像屹立着的巨人一样，
幽暗从那边的茂林之中
睁着无数黑眼睛张望。

月亮从山一样的云端里
分开薄雾凄凉地窥瞧；
山风鼓动着轻捷的羽翼，
在我耳边凄厉地呼号。
黑夜创造出无数的怪象，
我的心却快乐而高兴：
我的血管里燃烧着火焰！
我的心房里充满热情！

我看到你，从你的秋波里
就倾泻出温和的欢喜；
我的心完全守在你身旁，
我一呼一吸都是为你。
一种蔷薇色的春天光彩，
笼罩着你可爱的面庞，

你对我表示的深情——天啊，
我无福消受，徒然巴望！

可是，啊，离愁已随着晨曦
一步步塞满我的忧胸：
在你的亲吻里，充满欢喜！
在你的眼中，充满苦痛！
我去了，你站在那儿俯望，
你目送着我，泪珠满目：
可是，啊，被人爱，多么幸福！
天啊，有所爱，多么幸福！

五月之歌 *

明媚的自然
多么美妙！
太阳多辉煌！
原野含笑！

* 1771年5月，歌德和芙丽德利凯·布利翁在乡村里散步，诗人看到明媚的春光，感到自己的幸福，因而写成此诗。曾由贝多芬等作曲。

千枝复万柯，
百花怒放，
丛林草莽间，
万籁俱唱。

人人的胸怀，
欢腾雀跃。
啊，大地，太阳！
幸福，喜悦！

啊，爱情，爱情[①]！
灿烂如金，
就像山顶[②]上
早晨的云！

你欣然祝福
膏田沃野，
花香馥郁的
大千世界。

---

① 此处的爱情，并非单指男女之间的爱情，而是一种广泛的、充溢于自然界的爱情。
② 指莱茵东南的陶奴斯山。

啊，姑娘，姑娘，
我真爱你！
你眼光炯炯！
你真爱我！

像云雀喜爱
天和歌唱，
像朝花喜爱
碧空芬芳，

我这样爱你，
热血沸腾，
你给我勇气、
喜悦、青春，

使我唱新歌，
翩翩起舞。
愿你永爱我，
永远幸福！

纺车旁的格莱辛 *

我的安静消失，
我的心儿忧伤；
我要寻觅安静，
永远没有指望。

他不在我身边，
到处都像坟墓。
这整个的世界
令我伤心痛苦。

我可怜的头脑
已经狂乱疯癫，
我可怜的心儿
已经碎成万片。

我的安静消失，
我的心儿忧伤；

---

* 1773 年至 1775 年之作。《浮士德》第十五场格莱辛在房中独自纺纱时所唱。克劳艾采、舒伯特等曾将此诗谱成著名的歌曲。

我要寻觅安静，
永远没有指望。

我向窗外眺望，
只是为了望他，
我从屋里走出，
只是为了接他。

他端庄的步伐，
他尊贵的姿容，
他眼睛的魅力，
他口角的笑容。

他的一言一语
宛如仙泉奔腾，
难忘他的握手，
还有，他的亲吻！

我的安静消失，
我的心儿忧伤；
我要寻觅安静，
永远没有指望。

我的内心苦闷，
我焦急地想他。
唉，但愿抱着他，
紧紧地抱着他，

让我和他亲吻，
满足我的心愿，
只要和他亲吻，
就是死也情愿！

对 月 *

你又悄悄地泻下幽晖，
满布山谷和丛林，
我整个的心灵又一次
把烦恼消除净尽。

你温柔地送来秋波，

---

* 初稿作于 1777 年，1786 年定稿。本诗融合着诗人对斯坦因夫人的爱情以及对自然的感情，为歌德抒情诗中的杰作。曾由舒伯特、隆贝尔克等作曲。

普照着我的园林[①]，
像挚友的和蔼的眼光，
注望着我的命运。

在我的胸中还留着
哀乐年华的余响，
如今我只是影只形单，
在忧与喜中彷徨。

流吧，流吧，可爱的溪水！
我不会再有欢欣，
那些戏谑、亲吻和真情，
都已经无踪无影。

可是我也曾一度占有
十分珍贵的至宝！
我永远不能把它忘记，
这真是一种烦恼！

溪水啊，莫停留，莫休止，

① 指卡尔·奥古斯特赠送歌德的庭园。歌德于1776年4月21日迁入居住。

沿着山谷流去吧，
和着我的歌曲的调子，
淙淙潺潺地流吧，

不论是在冬夜，当你
泛起怒潮的时候，
或者绕着芳春的嫩草
滟滟流动的时候。

谁能放弃了憎恨之念，
躲避开尘寰浊世，
怀里拥抱着一位挚友，
同享着人所不知、

人所梦想不到的乐趣，
就在这样的夜间，
在心曲的迷宫里漫游，
那真是幸福无边。

以上　钱春绮　译
（选自《德国诗选》，上海文艺出版社，1960 年）

野玫瑰*

少年看见红玫瑰，
原野上的玫瑰，
多么娇嫩多么美，
急急忙忙跑去看，
心中暗自赞美。
玫瑰，玫瑰，红玫瑰，
原野上的玫瑰。

少年说："我摘你回去，
原野上的玫瑰！"
玫瑰说："我刺痛你，
使你永远不忘记，
我决不能答应你。"
玫瑰，玫瑰，红玫瑰，
原野上的玫瑰。

粗暴少年动手摘，
原野上的玫瑰，

---

* 1773年根据赫尔德辑录的民歌改作。曾由舒伯特等作曲家谱曲，达百次以上，成为世界名歌之一。诗中的红玫瑰影射诗人的爱人芙丽德利凯。

玫瑰刺痛他的手，
悲伤叹息没有用，
只得任他摧残。
玫瑰，玫瑰，红玫瑰，
原野上的玫瑰。

紫罗兰

有一朵可爱的紫罗兰，
独自生长在草原上，
它是一朵可爱的紫罗兰。
那年轻的牧羊女
轻轻走来活泼又愉快，
在草原上歌唱。
啊！紫罗兰它想，
我将成为世上最幸福的花，
在短短的生命中，
等心爱的人儿来摘下，
放在她的胸前，
啊！多幸福的一刹那。
啊！但是啊！少女走来，

并没有留意紫罗兰，
却从它身上走过！
它虽然被践踏，
但还在快乐地想，
我到底由于你而死，
死在你脚下。
可怜的紫罗兰，
多么痴情的紫罗兰。

以上 邓映易 译
（选自《外国名歌200首》，人民音乐出版社，1958年）

海　涅（1797—1856）十首

十九世纪德国伟大诗人、政论家和思想家，德国革命民主主义者的主要代表。著名诗作有《德国——一个冬天的童话》《西里西亚织工》《诗歌集》等。他的作品被译成多种文字，并有一部分由著名音乐家谱成歌曲。

星星们动也不动……

星星们动也不动，
高高地悬在天空，
千万年彼此相望，
怀着爱情的苦痛。

他们说着一种语言，
这样丰富，这样美丽；
却没有一个语言学者

能了解这种言语。

但是我学会了它，
我永久不会遗忘；
供我使用的语法
是我爱人的面庞。

宣 告

暮色朦胧地走近，
潮水变得更狂暴，
我坐在岸旁观看
波浪的雪白的舞蹈，
我的心像大海一样膨胀，
一种深沉的乡愁使我想望你，
你美好的肖像，
到处萦绕着我，
到处呼唤着我，
它无处不在，
在风声里，在海的呼啸里，
在我的胸怀的叹息里。

我用轻细的芦管写在沙滩上：
“阿格内丝，我爱你！”
但可恶的波浪
打在这甜美的自白上，
把它消灭。

折断的芦管、冲散的沙粒、
泛滥的波浪，我再也不信任你们！
天色更暗，我的心更热狂，
我用强大的手，从挪威的树林里，
拔下最高的枞树，
把它插入爱特纳[①]的火山口，
用这样蘸着烈火的笔头
写在黑暗的天顶：
“阿格内丝，我爱你！”

从此这永不消灭的火字
每夜都在那上边燃烧，
所有的后代子孙

---

① 爱特纳，欧洲最大的火山，在西西里岛上。

都欢呼着读这天上的字句：
“阿格内丝，我爱你！”

你写的那封信……

你写的那封信，
并不能使我悲伤；
你说你不再爱我，
你的信却是这样长。

好一篇小的手稿！
十二页，层层密密！
人们真是要分开，
不会写得这样详细。

以上　冯至　译
（选自《海涅诗选》，人民文学出版社，1956 年）

乘着这歌声的翅膀……

乘着这歌声的翅膀，
亲爱的，随我前往，
去到那恒河的岸旁，
最美丽的好地方；
那花园里开满了红花，
月亮在放射光辉，
玉莲花在那儿等待，
在等她的小妹妹。
紫罗兰微笑地耳语，
仰望着明亮的星星，
玫瑰花悄悄讲着她芬芳的心情；
那温柔而可爱的羚羊，
跳过来细心倾听；
远处那圣河的波涛，
发出了喧嚣声。
我要和你双双降落
在那边椰子林中，
享受着爱情和安静，
做甜蜜幸福的梦。

邓映易　译

小花儿如果知道……

小花儿如果知道
我心里伤痛多深，
它将要伴我流泪，
来医治我的愁闷。

夜莺儿如果知道
我如何多病多愁，
它将为我快乐地
唱起慰人的情歌。

金色的小小星儿，
如果知道我的伤悲，
它会从天上下来，
对着我好言相慰。

可是它们都茫然不知，
只一位知道我的愁闷，
就是那亲手扯碎，
扯碎了我心的那人。

这些都要改变

在你的面颊上
是炎热的夏天；
在你的心儿里
却是冰冷的冬天。

我最爱的人儿！
这些都要改变。
你脸上将是冬天，
你心里却是夏天。

小　曲（节选）

（一）

快乐无涯的少女，
你多么美丽纯贞，
我愿只为你一人
献出我的生命。

你那甜蜜的眼睛
闪烁着好比月亮；
你那红润的面庞
透露出蔷薇的红光。

从你的小嘴里
闪耀出颗颗珍珠；
而最美丽的宝石
就藏在你的胸部。

快乐无涯的少女，
想从前初睹你的倩影，
我心中觉得小鹿撞撞，
那可能就是一种爱情！

我站在高山之顶……

我站在高山之顶，
总觉得无限伤情。
假如我是一只小鸟，
千万次长叹不停。

假使我是一只燕子，
我要飞到你的身旁，
筑起我的小巢，
靠着你的门窗。

假使我是一只夜莺，
我要飞到你的身旁，
从茂绿的菩提树上，
夜夜为你歌唱。

假使我是一只照莺，
我立即飞入你的怀中；
你非常喜爱傻瓜，
请医治傻瓜的伤痛。

以上　钱春绮　译
（选自《诗歌集》，新文艺出版社，1957 年）

拉撒路诗 *（节选）

（五）

爱情在三月里开始，

那时我的心害起相思。
可是当绿色的五月来到的时候：
我的悲愁全部化为乌有。

那是在午后三点钟的时光，
在菩提树后面隐僻的地方。
在一只满被苍苔的凳上，
我向她剖白了我的衷肠。

花儿吐出幽香。在树上
有夜莺在唱歌，可是它的歌唱，
我们一句也没有听清，
因为我们要商谈许多重要的事情。

我们宣誓忠诚，至死亦无二心。
光阴寸寸飞过，西下的日影
已经消失。可是我们还坐了多时，
而且在黑暗之中流泪哭泣。

钱春绮 译
（选自《德国诗选》，上海文艺出版社，1960 年）

《基蒂》Ⅸ

我反对轻佻，浮华，
你沉默地爱我在心内；
聪明的了解还耳语，
你只用高尚行为。

别人评价低的人，
你认为他价值更高，
因为别人损害我，
你对我加倍厚道。

你这样可爱，美丽，
你的抚爱这样给人安慰！
话语玎玲像音乐，
香气馥郁似蔷薇。

你像高空的星星，
从天上向我致意，
照亮我地上的夜晚，

说我所有的歌甜蜜。

何其芳　译

（选自《何其芳选集》第三卷，四川人民出版社，1979 年）

情理与音韵相配合

不管写什么主题，或庄严或谐谑，
都要情理和音韵永远互相配合，
二者似乎是仇敌，却并非不能相容；
音韵不过是奴隶，其职责只是服从。
如果我们为找韵肯先用一番功夫，
习惯很容易养成，韵自然一找就有；
在理性的控制下韵不难低头听命，
韵不能束缚理性，理性得韵而丰盈。
但是你忽于理想，韵就会不如人意；
你越想以理就韵就越会以韵害理。
因此，首先须爱理性：愿你的一切文章，
永远只凭着理性获得价值和光芒。

——布瓦洛

利利恩克戎（1844—1909）一首

德国印象主义抒情诗人。

你让我等得太久了

森林在一旁窃听。
快点来吧，我的姑娘，
趁新的白天的喧嚣没有到来，
淙淙的泉声还没有绝响的时光。

快点，快点，
我亲爱的姑娘，
趁这深沉的寂寥的恐怖
还没有被风吹得飘散的时光。

树梢头露出
晨曦的曙光。
啊，别再迟延，我可爱的小姑娘，

不要让我等的时间太长。

太阳获得胜利，
她终于柔顺地
微笑着投入我的怀抱里。
云雀飞向天际。

钱春绮　译

（选自《德国诗选》，上海文艺出版社，1960 年）

歌德的恋爱与他的成名之作

一七七二年，歌德在维兹拉去参加一次舞会的途中，认识了一个叫夏绿蒂的少女。晚上，歌德又和她一起跳舞，就深深地爱上了她。可是，夏绿蒂却是歌德的朋友凯土特南的未婚妻。一天，趁凯土特南不在，歌德向她表白了爱情。夏绿蒂惊慌失措，之后把情况告诉了未婚夫。尽管凯土特南并不在意，而歌德得知这消息，非常难受，赶紧离开维兹拉，回到自己的故乡。

恰在这时，他听说在维兹拉的另一个朋友叶尔查林，因爱上别人的妻子，受其丈夫的侮辱与社会舆论的指责，自杀了。歌德在与夏绿蒂的恋爱破灭后，也曾几次想到轻生。这件事，促使歌德拿起了笔，经过一个月的努力，写成了当时轰动欧洲的名著《少年维特之烦恼》。书中的维特，就是以叶尔查林为原型，夏绿蒂就是那个使歌德未能忘怀的少女。这本书信体小说的出版，使歌德一举成名。

英　国

乔　叟（约1340—1400）四首

英国封建社会向市民社会过渡时期的代表作家，现实主义文学的奠基人。主要以诗体写成的《坎特伯雷故事集》，是英国文学史上现实主义的第一部典范。当时英国贵族社会通用法语，乔叟改用富有生命力的伦敦方言进行创作，奠定了英国文学语言的基础。他首创的“双韵体”，成为以后英国诗歌中最通用的一种，因而被誉为“英国诗歌之父”。

致罗赛蒙德

一首情歌

夫人，你就是众美的神座，你的光辉照遍了全世界，你像水晶般耀眼，你圆圆的双颊像红宝石。你是那样新鲜活泼，当我看见你在游乐会上跳舞，我好比伤口上搽了香膏一般，虽然你并未向我丢过任何眼色。

我虽哭得双眼泪盈，但是那悲哀不致扰乱我心；因你的和蔼之声轻轻传进我耳，使我满心充斥着幸福与欢欣。我周身是爱，我举止温雅，在痛苦中我仍自言自语地说："罗赛蒙德，我能爱你就是幸福，虽然你并未向我丢过任何眼色。"

从未有过这样可口的一条鱼浸润着香汁，像我这样浸润着爱；因而我常常自己比作情场的真心武士。我的爱决不会冷淡或消沉；我将永远热恋下去。不管你怎样，我必永久当你的仆役，虽然你并未向我丢过任何眼色。

女性的尊严

我心中忘不了你那完整的美质，你那坚定的意志，那全部美德，以及高贵的尊严，因此我唯一的愿望就是能为你效劳。我真心爱慕你那女性的姿态，和鲜艳的容貌，以及可喜的神情，我已一心选定了你做我终身的主后，不论遭受何等困苦，我必坚定不移。

我既毫无怨言，终此一生向你致敬，全力为你服役，愿你也莫将我随意忘怀。我这颗苦痛的心正在遭难；且看我全心全意，卑躬屈膝，听从你的一切吩咐，只求你欢悦，愿你抚慰我的创伤。

请顾念我为了爱慕你而心悬不定，啊，这便是我的命运！不知你何日方能赐恩，减轻我的痛苦，或施舍一点怜悯，拯救我，好让我摆脱这沉重的心情。也许女性有尊严，按理不愿执刑过于残酷，对于卑顺服从的人应可宽容。

怨诗致钱囊 *

我的钱囊，我要向你单独地苦求，
　唯有你才是我心爱的女郎！
你减轻了分量，真叫我发愁；.
　我愿你转亏为盈，饱满、慈祥，
　　免得我穷途末路，走向死亡；
　因此我要请你宽恩，向你讨饶：
　　赶紧加重分量，否则我就完了！

求你在今天黑夜未临以前，
　让我听到你那幸福之音，
或是见到你的太阳般的容颜，
　金黄闪烁，谁也不能和你竞争。
　　你是我的生命，唯你能驾驭我心，

* 怨诗为乔叟早期惯用诗格，而以钱囊代替一般怨诗中的女郎。

你是慰藉之母，似应与我友好，
　赶紧加重分量，否则我就完了！

钱囊呀，你照耀着我这生命之路，
　在人世间唯有你是我的护神，
但是你既不愿为我把守空库，
就请你送我离去这座都城[①]；
　我囊空如洗，像个秃头僧人。
我只有真心诚意向你祈祷：
　赶紧加重分量，否则我就完了！

……

责反复无常的女性

夫人，你水性杨花，伤了许多男子的心。我知道你从未有过半年的工夫一心一意爱着一个人；罢了，你竟如此多变！你一味追求着新奇，不肯一刻安定；你嫌蓝色太朴素，换上了碧绿的衣装。

① “送我离去这座都城”，系指乔叟因生活窘迫，曾拟迁出伦敦居住而言。

正如镜中留不住任何形象，来无踪去无影，这就是你的爱情，单看你所作所为，便可作证。忠诚抓不住你的心；你就好比风中信鸡，随风转脸；人人都看得清；你嫌蓝色太朴素，换上了碧绿的衣装。

你既变幻成性，正该在广场示众；大利拉、克丽西德或肯黛丝王后[①]都还逊你三分；你的忠诚就在于多变；这恶性已根深蒂固，谁也难从你心中剔除。今天你丧失了一个配偶，明天就可补上两个；你在夏日衣着轻盈——你心中明白我何所指吧。你嫌蓝色太朴素，换上了碧绿的衣装。

方重　译

（选自《乔叟文集》，上海译文出版社，1980 年）

① 肯黛丝王后为《亚历山大传奇》中的人物。

克·马洛（1564—1593）一首

英国诗人及第一个伟大剧作家。他创作的悲剧给英国舞台带来新的概念，成为伊丽莎白时代戏剧奠基人。以《浮士德博士的悲剧》闻名于世。

马洛的诗《牧羊人的恋歌》以其旋律之美著称，是伊丽莎白时期有代表性的优秀田园诗作，也是英国抒情诗的重要一篇。

牧羊人的恋歌

来吧，和我生活在一起，做我的爱人，
在这里将使我们快乐无边：
这里有峻峭秀丽的山峦，
还有风光明媚的山谷田园。

在那边，我俩坐在山岩上，
看牧羊人喂养可爱的羔羊；
在浅浅的小溪旁，
鸟儿随着潺潺流水把爱情歌唱。

在那边，我将用玫瑰编一顶花冠，
用成千的花束做床，
用爱神木的叶子织成长裙；
一切都献给你，绚丽与芬芳！

从羔羊身上剪下最好的羊毛，
为你做防寒的鞋衬和长袍；
用纯金为你制作鞋扣，
该是多么珍贵，多么荣耀！

常春藤和芳草做的腰带，
珊瑚带扣点缀着琥珀水晶。
假如这些享受能打动你的心，
来吧，和我生活在一起，做我的爱人！

银碟里盛着你吃的美味儿，
如同天上众神所用的一样，
丰盛的佳肴将为我俩
摆在象牙制的桌面上。

牧羊少年们在每个五月的早晨，

将为你纵情舞蹈，高歌入云：
假如这些欢乐能打动你的心，
来吧，和我生活在一起，做我的爱人！

袁广达　梁葆成　译

疯子、情人和诗人都是满脑子结结实实的想象。疯子看见的魔鬼，比广大的地狱里所能容纳的还多。情人和疯子一样癫狂，他从一个埃及人的脸上会看到海伦的美。诗人转动着眼睛，眼睛里带着精妙的疯狂，从天上看到地下，地下看到天上。他的想象为从来没人知道的东西构成形体，他笔下又描出它们的状貌，使虚无缥缈的东西有了确切的寄寓和名目。

——莎士比亚

本·琼生（1573—1637）一首

英国诗人与剧作家。他的诗淳朴，富有旋律般的美。抒情诗《致西丽娅》被谱成歌曲，为广大群众所喜爱。

琼生也是文艺复兴时期最有成就的剧作家之一。他的剧本如《伏尔蓬》《炼金术士》，将讽刺喜剧发展到很高的水平，对莎士比亚以及后来王政复辟时期的剧作家均有较大影响。

致西丽娅

请用你的眼神为我祝酒，
我也用我的眼睛为你干杯！
愿你把一个热吻留在杯中，
天下的醇醪算它最美；
我灵魂渴望着这一杯啊，
啜饮一口心也醉。
即使众神仙献出他们的美酒，
我也不愿交换这神圣的一杯！

我曾经赠你一环玫瑰，
不是为了荣耀和献媚，
只为花环祈福，
愿它永不枯萎。
蒙你对它亲吻呼吸，
又把花环给我送回；
从此它永久鲜艳、芳香，
只因你赐给它无比光辉！

袁广达　梁葆成　译

莎士比亚（1564—1616）九首

英国文艺复兴时期伟大的戏剧家、诗人。当过剧场杂差、演员、编剧等。流传剧本三十七部、长诗两首、十四行诗一百五十四首。他从各方面深刻地艺术地揭示了他那个时代的种种矛盾和斗争，促进了历史的进程。剧作人物性格鲜明，情节丰富生动，语言精练而富于表现力，创造了世界艺术的高峰，对后代作家的影响极为深远。

·十四行诗第一二八首·

我真愿变成欢跳的琴键 *

多少次，当你为我弹奏音乐，

* 莎士比亚的十四行诗共一百五十四首。从一二七至一五二首是为他的一位美丽的黑肤情人而写的。所选七首篇名为本书编者所加。

用你温柔的手拨动幸福的琴，
琴键随着你纤纤手指的舞蹈，
奏出了令我如醉如痴的和音；
这时，我多么妒忌那小木片，
频频跃起狂吻你温润的掌心！
失去了本应得到的那种享受，
我的两片嘴唇多么凄惨可怜！
它们气得发紫，因你的撩拨，
真愿意变成那些欢跳的琴键。
死的木头比活嘴唇还要幸福：
由于你的手指在琴键上飞旋。
　既然那些轻狂的琴键如此幸运，
　手指给它们！而把朱唇给我吻！

袁广达　梁葆成　译

·十四行诗第一三〇首·

我的爱侣胜似任何天仙美女

我情妇的眼睛一点不像太阳；
珊瑚比她的嘴唇还要红得多：

雪若算白，她的胸就暗褐无光，
发若是铁丝，她头上铁丝婆娑。
我见过红白的玫瑰，轻纱一般；
她颊上却找不到这样的玫瑰；
有许多芳香非常逗引人喜欢，
我情妇的呼吸并没有这香味。
我爱听她谈话，可是我很清楚
音乐的悦耳远胜于她的嗓子；
我承认从没有见过女神走路，
我情妇走路时候却脚踏实地：
　可是，我敢指天发誓，我的爱侣
　胜似任何被捧作天仙的美女。

梁宗岱　译
（选自《莎士比亚全集》[十一]，人民文学出版社，1978年）

·十四行诗第一三二首·

让你的芳心与眼睛相称

我爱你的眼睛！那可爱的眼睛，
对我的痛苦表示无限体贴怜悯；

它们知道你的心用轻蔑折磨我，
因而披上黑色，表示哀伤同情！
无论东方灰白的颜容映衬旭日，
还是阴暗的黄昏反衬灿烂的星；
说实在，这一切的瑰丽和优美，
都不如你的脸配上哀愁的眼睛！
啊，既然哀伤给你增添了风韵，
那么就让你的芳心与眼睛相称；
愿它和你的玉体每一部分协调，
对我的痛苦都表露哀怜的深情！
　那时我将发誓，黑色就是美的体现，
　缺少你肤色的一切都是丑陋不堪！

·十四行诗第一三九首·

不要叫我为你的无情申辩

啊，不要叫我为你的无情申辩，
你的刻薄给我心灵带来了创伤！
要杀我可用你的权力别耍手段，
要害我就用舌头别用你的目光：

明说你另有所爱，但在我面前，
我的心肝，眼睛莫向别处张望！
你的威力远胜过我受压的防御，
你又何必再使用狡诈把我杀伤？
啊，让我为情人辩解：她明白，
杀我的毒箭就是她柔媚的目光！
因此，她把毒箭从我脸上移开，
也就是把它们的伤害射向他方。
　不，干脆用你的目光立刻把我杀死，
　为我解除痛苦，反正我已濒于死亡！

·十四行诗第一四五首·

“我恨”之后来了个巧转弯

那爱神亲手制造的小嘴，
不管我犯相思为她憔悴，
小嘴巴吐出了一声：“我恨。”
这两字真叫我万分苦悲！
但当她看见了我的可怜相，
她马上换了副慈悲心肠：

责备那素来是甜蜜的舌头，
它过去常把爱的判词宣唱；
她如今教舌头易辙改弦，
“我恨”之后来了个巧转弯。
好似把魔鬼从天堂打进了地狱，
赶走了黑夜迎来了晴朗的白天！
　“我恨……恨的不是你！”她将话儿改，
　这一下可把我的小命捡了回来！

·十四行诗第一五〇首·

你占领了我的心房

啊，你从何处获得如此强大的力量，
不费吹灰之力就占领了我的心房？
非要我说我所看到的真实都是假象，
要我说明媚的太阳并不使白昼增光！
你何处学来的本领将丑恶化为善良，
使得你所有的丑恶行径都闪耀光芒？
使得你身上具有的一切最坏的东西，
而我看来却比世上最美的还要辉煌！

我所见所闻使我对你产生九分的恨，
谁教你又使我对你的怜爱增加十分？
啊，虽然我钟爱着他人之所憎，
你也不该厌恶我，跟着别人！
　既然你的卑劣恰唤起了我的痴情，
　你更应爱我，正是惺惺惜惺惺！

以上　袁广达　梁葆成　译

·十四行诗第一五四首·

爱烧热泉水，泉水冷不了爱情

小小爱神有一次呼呼地睡着，
把点燃心焰的火炬放在一边，
一群翩跹的贞洁的仙女恰巧
走过；其中最美的一个天仙
用她处女的手把那曾经烧红
万千颗赤心的火炬偷偷拿走，
于是这玩火小法师在酣睡中
便缴械给那贞女的纤纤素手。
她把火炬往附近冷泉里一浸，

泉水被爱神的烈火烧得沸腾，
变成了温泉，能消除人间百病；
但我啊，被我情妇拨弄得头疼，
　跑去温泉就医，才把这点弄清：
　爱烧热泉水，泉水冷不了爱情。

梁宗岱　译
（选自《莎士比亚全集》[十一]，人民文学出版社，1978年）

爱情的礼赞（节选）

五

如果是爱情使我赌咒发誓，我又
　何能誓绝爱情？
啊，一切誓言都是空话，只除了对
　美人的誓词；
虽然我仿佛言而无信，我对你却
　永远是一片真心；
那一切，对我是不移的橡树，对你
　却是柔软的柳枝。
我要把他当一本书来仔细阅读，

研究其中的字句，
那里贮藏着一切具有深意的、人
世少有的欢娱，
如果说学问重要，我要求的学问
就是完全了解你；
没有学问的舌头，就根本不可能
有赞颂你的能力；
只有冥顽无知的人，有缘见到你，
会全然无动于心；
我是这样从心里崇拜你，为此我
感到无比骄傲。
你的眼神是宙斯的闪电，你的声
音是他的雷霆，
但如果你声音里不带怒气，它却
又比音乐更美妙。
可是，你是天人，当然不会喜爱这
人世间的浮辞，
这尘俗的词句，不管多美，也不配
用来赞颂天使。

黄雨石　译

（选自《莎士比亚全集》[十一]，人民文学出版社，1978年）

姐郎们最爱春光好

一对情人并着肩，
　嗳唷嗳唷嗳嗳唷，
走过了青青稻麦田，
　春天是最好的结婚天，
听嘤嘤歌唱枝头鸟，
姐郎们最爱春光好。

小麦青青大麦鲜，
　嗳唷嗳唷嗳嗳唷，
乡女村男交颈儿眠，
　春天是最好的结婚天，
听嘤嘤歌唱枝头鸟，
姐郎们最爱春光好。

新歌一曲意缠绵，
　嗳唷嗳唷嗳嗳唷，
人生美满像好花妍，
　春天是最好的结婚天，

听嘤嘤歌唱枝头鸟，
姐郎们最爱春光好。

劝君莫负艳阳天，
　嗳唷嗳唷嗳嗳唷，
恩爱欢娱要趁少年，
　春天是最好的结婚天，
听嘤嘤歌唱枝头鸟，
姐郎们最爱春光好。

朱生豪 译
（选自《皆大欢喜》第五幕第三场）

世间是广阔而丰富的，人生是复杂的，所以绝不会苦于没有作诗的感兴。不过诗都不可不是即兴诗；这就是说，现实应该供给诗的诱因和材料。就是特殊的事情，一经诗人应用，就成为普遍的有诗趣的东西了。我的诗都是即兴诗，从现实受到暗示，以现实为基础的。我不尊重凭空虚构的诗。

——歌德

拜　伦（1788—1824）八首

英国伟大的浪漫主义诗人。一生为民主自由、民族解放的理想而英勇斗争。他的作品具有重大的历史进步意义和艺术价值。他是启蒙运动的继承者，又是浪漫主义运动的杰出代表，对欧洲诗歌的发展起过重大的影响。著名作品有长诗《唐璜》《恰尔德·哈罗德游记》《东方叙事诗》《青铜时代》和诗剧《曼弗雷德》等。

雅典的少女 *

你是我的生命，我爱你。

一

雅典的少女啊，在我们别前，

---

* 这首诗曾被谱成六七种乐曲，是拜伦短诗中流传颇广的一首。拜伦旅居雅典时，住在一个名叫色欧杜拉·马珂里的寡妇家里，她有三个女儿，长女特瑞莎即“雅典的少女”。

把我的心，把我的心交还！
或者，既然它已经和我脱离，
留着它吧，把其余的也拿去！
请听一句我别前的誓语，
你是我的生命，我爱你。

二

我要凭那松开的鬈发，
每阵爱琴海的风都追逐着它，
我要凭那长睫毛的眼睛，
睫毛直吻着你颊上的桃红，
我要凭那野鹿似的眼睛誓语，
你是我的生命，我爱你。

三

还有我久欲一尝的红唇，
还有那轻盈紧束的腰身，
我要凭这些定情的鲜花[1]，

---

① 在希腊，少女以赠物传达心中的话。如送情人一块煤渣，即表示“我为你燃烧了”。如送以发丝束起的鲜花，则表示“你带我走吧”。

它们胜过一切言语的表达，
我要说，凭爱情的一串悲喜，
你是我的生命，我爱你。

四

雅典的少女啊，我们分了手；
想着我吧，当你孤独的时候。
虽然我向着伊斯坦堡[①]驰奔，
雅典却抓住我的心和灵魂：
我能够不爱你吗？不会的！
你是我的生命，我爱你。

乐 章

一

没有一个美的女儿
　　富于魅力，像你那样，

① 即伊斯坦布尔。

对于我，你甜蜜的声音
　　有如音乐漂浮水上：
仿佛那声音扣住了
沉醉的海洋，使它暂停，
波浪在静止、闪烁，
和煦的风也像在做梦。

二

午夜的月光在编织
　　海波上明亮的锁链；
海的胸膛轻轻起伏，
　　恰似一个婴儿安眠：
我的心灵也正是这样
倾身向往，对你聆听，
就像夏季海洋的浪潮
充满了温柔的感情。

她走在美的光彩中……

一

她走在美的光彩中，像夜晚

　　皎洁无云而且繁星满天。
明与暗的最美妙的色泽
　　在她的仪容和秋波里呈现，
仿佛是晨露映出的阳光，
　　但比那光亮柔和而幽暗。

二

增加或减少一分色泽
　　就会损害这难言的美，
美波动在她乌黑的发上
　　或者散布淡淡的光辉，
在那脸庞，恬静的思绪
　　指明它的来处纯洁而珍贵。

三

啊，那额际，那鲜艳的面颊，
　　如此温和，平静，而又脉脉含情，
那迷人的微笑，那明眸的顾盼，
　　都在说明一个善良的生命：
她和蔼地对待世间的一切，

她的心流溢着真纯的爱情！

我看过你哭

一

我看过你哭——一滴明亮的泪
　　涌上了你蓝色的眼珠；
那时候，我心想，这岂不就是
　　一朵紫罗兰上垂着露；
我看过你笑——蓝宝石的火焰
　　在你前面也不再发闪；
啊，宝石的闪烁怎能比得上
　　你那一瞥的灵活的光线。

二

仿佛是乌云从远方的太阳
　　得到浓厚而柔和的色彩，
就是冉冉的黄昏的暗影
　　也不能将它从天空逐开；

你那微笑给我阴沉的脑中
　　也灌注了纯洁的欢乐；
你的容光留下了光明一闪，
　　直似太阳在我心里放射。

好吧，我们不再一起漫游……

一

好吧，我们不再一起漫游，
　　消磨这幽深的夜晚，
尽管这颗心仍旧爱着，
　　尽管月光还那么灿烂。

二

因为剑能够磨破了剑鞘，
　　灵魂也把胸膛磨得够受，
这颗心啊，它得停下来呼吸，
　　爱情也得有歇息的时候。

三

虽然这夜晚正好恋爱，
　　很快的，很快就是天亮，
但我们已不再一起漫游，
　　踏着这灿烂的月光。

由佛罗伦萨至比萨途中即兴而作

一

哦，别跟我谈论什么故事里的伟大的人名，
我们青春的岁月是我们最光辉的时辰；
在甜蜜的二十二岁上的常春藤和桃金娘
胜过你所有的桂冠，无论它们多到怎样。

二

对于满额皱纹，花冠和王冕算得了什么？
那不过是五月的朝露洒上枯死的花朵。
那么，让这一切从苍白的头上拿掉、扔开！

对于只给人以荣誉的花环我又何所挂怀？

三

啊，美名！如果我对你的赞扬也曾感到欣喜，
那并不仅仅是为了你富丽堂皇的词句，
我是想看到亲爱的人儿睁大明亮的眼睛，
让她知道我并不是一个不配爱她的人。

四

主要是这原因，我才追寻你，并且把你发现，
她的目光是照在你四周的最美的光线；
如果听到我的灿烂的故事，她闪闪眼睛，
我就知道那是爱，我感到那才是光荣。

以上　梁真　译
（选自《拜伦抒情诗选》，平明出版社，1955 年）

歌

夜风轻柔地叹息，
　　更加轻柔地在波浪上低语；
因为睡眠把我的芳妮眼睛合拢，
　　宁静一定不会离开她的枕际。

或者吹奏着从天国上空偷来的
　　动听的风神的乐曲；
余音缭绕耳畔使她沉醉，
　　爱情的梦把她的灵魂抚慰。

但夜风又克制自己，
　　只在最温柔的低语中叹息；
不让微风的翅膀敢于
　　把那棕色的头发吹起。

夜风吹拂着凉意！
　　啊！不要吹皱那洁白的眼皮；
因为只有振奋人心的晨光
　　才能唤醒深藏在眼底的喜气。

祝福那嘴唇和湛蓝的眼睛，
　　亲爱的芳妮，愿以你的睡眠为圣！
愿那双唇永不吐出一声叹息，
　　双眼睡醒再也不哭泣。

写给一位女士

——她把自己用的天鹅绒束发带送给作者

一

这条束过你黄头发的发带
已属于我！亲爱的姑娘！这是你爱情的
　见证：
它要求我最热情、最亲切的关注，
它就像天上圣徒留下的遗物。

二

啊！我将把它戴在我贴心处，
它将把我的灵魂和你缚在一起，
它再也不会和我分离，

在坟墓中也要和我结成一体。

三

我从你唇边采集的香露，
也没有这条发带更珍贵，
香露只能吮吸片刻，
宴席也只是短暂的欢乐。

四

发带将唤起青春的每幕回忆，
就是当我们的生命走向衰老，
当记忆叫叶子重新发芽，
爱情的叶子还会吐绿。

姚奔　译
（选自《诗刊》1980 年第 5 期）

雪　莱（1792—1822）七首

与拜伦齐名的英国浪漫主义诗人。他的诗歌表达了当时欧洲最先进的思想，在艺术上也有巨大成就。其抒情诗，想象丰富，音韵和谐，比喻美妙，哲理深刻，和拜伦的叙事诗同样是英国诗歌的高峰。雪莱的爱情诗抒发了崇高的感情和对人生的沉思。在他眼里，爱情是天性中流露出来的善和美的具体化，超越一般世俗的男女之情。著名作品有长诗《麦布女王》《伊斯兰起义》，诗剧《解放了的普罗米修斯》，戏剧诗《海拉斯》，抒情诗《西风颂》《云雀颂》等。

给——

还看着我吧——别把眼睛移开，
　就让它宴飨于我眼中的爱情，
确实，这爱情不过是你的美
　在我的精神上反射出的光明。

对我谈话吧——你的声调好似
　我的心灵的回声，似乎我听见
你说在爱我；可是，你的这言语
　表现的仍是你，有如站在镜前
　你所倾心的只是自己的容颜；

但我还在耗尽生命守着你，
　有时候，这是多甜蜜的苦役！
在我痛苦时，你也会怜悯我……

咏一朵枯萎的紫罗兰

一

这一朵花失去了香味，
　它像你的吻，曾对我呼吸；
那鲜艳的颜色也已消退，
　不再闪耀着你，唯一的你！

二

一个枯萎而僵死的形体，

　芫然留在我凄凉的前胸，
它以冰冷而沉默的安息
　折磨着这仍旧火热的心。

三

我哭了，眼泪不使它复生！
　我叹息，没有香气扑向我！
唉，这沉默而无怨的宿命
　虽是它的，可对我最适合。

给索菲亚（斯泰西小姐）

一

你多美，陆地和海洋的女仙
　也很少像你这般美丽；
有如适合的衣着，随身联翩，
　这是你那轻柔的肢体：
随着生命在里面的跳跃，

你的肢体总在移动和闪耀。

二

你那深邃的眼睛是一对星，
　闪着火焰，柔情而晶莹，
会把最智慧的都看得发疯；
　那煽动火的风是由欢欣
而生的思想，像海上的气流，
它以你荡漾的心作为枕头。

三

要是被你的眼所描绘的脸
　由于狂喜而能变为苍青，
要是昏迷的灵魂最为昏眩，
　只要听到你急遽的琴声；
那么，别奇怪吧：每当你讲到
痴心人的时候，我最为心跳。

四

像是由旋风所唤醒的海涛，
　像是晨风吹拂下的露珠，
像是小鸟听到雷声的警告，
　像是被震撼而无言的生物
感到了不见的精灵，我的心啊
正似这一切，当你的心临近。

爱的哲学

泉水总是向河水汇流，
　河水又汇入海中，
天宇的轻风永远融有
　一种甜蜜的感情；
世上哪有什么孤零零？
　万物由于自然律
都必融汇于一种精神。
　何以你我却独异？

你看高山在吻着碧空，
　波浪也相互拥抱；
谁曾见花儿彼此不容：
　姊妹把弟兄轻蔑？
阳光紧紧地拥抱大地，
　月光在吻着海波：
但这些接吻又有何益，
　要是你不肯吻我？

给——

一

温柔的少女，我怕你的吻，
　你却无须害怕我的；
我的心已负载得够阴沉，
　不致再给你以忧郁。

二

我怕你的风度、举止、声音，

　你却无须害怕我的；
这颗心以真诚对你的心，
　它只纯洁地膜拜你。

给——

音乐，虽然消失了柔声，
却仍旧在记忆里颤动——
芬芳，虽然早谢了紫罗兰，
却留存在它所刺激的感官。

玫瑰叶子，虽然花儿死去，
还能在爱人的床头堆积；
同样的，等你去了，你的思想
和爱情，会依然睡在世上。

给——

一

有一个字常被人滥用，

　　我不想再滥用它；
有一种感情不被看重，
　　你岂能再轻视它？
有一种希望太像绝望，
　　慎重也无法压碎；
只求怜悯起自你心上，
　　对我就万分珍贵。

二

我奉献的不能叫爱情，
　　它只算得是崇拜；
连上天对它都肯垂青，
　　想你该不致见外？
还有如飞蛾向往星天，
　　暗夜想拥抱天明，
怎能不让悲惨的尘寰，
　　对遥远事物倾心？

查良铮　译

（选自《雪莱抒情诗选》，人民文学出版社，1958 年）

布莱克（1757—1827）五首

英国十八世纪末叶著名的进步诗人和画家，浪漫主义诗歌的先驱。重要著作有《诗的素描》《天真之歌》《经验之歌》《四天神》等。他的诗反映了那个时期资产阶级和人民群众的革命精神，充满奔放的热情和瑰丽的想象；在艺术上开一代新风，打破了十八世纪古典主义的死板教条，以清新的民歌体和奔放的无韵体来抒写理想和生活。

百合花

腼腆的玫瑰花刺儿多得很，
温驯的羊儿常拿角来吓人；
百合花却一味在爱情里陶醉，
没有刺也没有角损坏她的美。

宋雪亭　译

年轻的爱

难道清晨时的欢乐不比
　黑夜间的欢乐更为甜蜜？
难道青春时节不受约制的欢乐
　会把光明畏惧？

让衰老和疾病只在静夜中
　到果园去偷劫窃取；
胸中燃烧着青春活力的人们，
　应在光明中把果实收集。

黄雨石　译

我可爱的玫瑰树

有人要拿一朵花给我，
五月的花从没有这样美；
但我没有要这美丽的花，
我说：“我有棵可爱的玫瑰。”

我到我可爱的玫瑰树那里，

不分昼夜地殷勤服侍，

但我的玫瑰嫉妒了，不理我，

她的刺成为我唯一的欢娱。

宋雪亭　译

时　机

如果谁专心一致追逐欢乐，

他只会破坏了适意的生活；

如果他伺机把欢乐摘取，

他却将永远生活在晨曦里。

如果在时机成熟前强趁时机，

你无疑将洒下悔恨的泪滴；

但如你一旦把成熟的时机错过，

无尽的痛苦将使你终身哭泣。

黄雨石　译

鸟之恋

他

你住在什么地方，住在哪一个树林里，
告诉我，亲亲，告诉我，美丽的伴侣；
哦，任何一处荒野都会因有你感到骄傲！
你究竟在哪里筑下了你美丽的香巢？

她

在那边，有一棵四无依傍的独树：
我就住在那里，整日里为你哭泣。
黎明以我眼中汩汩流出的泪水为酒，
夜风更载满了我心中难堪的悲愁。

他

哦，你夏日原野中谐和的旋律，
一直来我也正苦苦地思念着你；
白天，我环绕着林间的枝叶长吁短叹，
夜来的悲哀使黑夜都为之心酸。

她

我不信你真是那样一心把我爱恋?
难道你真认为我那么值得你爱怜?
啊，天呀，我也总算熬到一个苦尽甘来……
哦，我的朋友，哦，我的爱!

他

来吧! 快让我们张开欢乐的翅膀，
向着我高耸入云的居处飞翔;
来呀，那边叶正绿处花正香，
快到那边悄悄儿把身藏。

黄雨石　译
（选自《布莱克诗选》，人民文学出版社，1957 年）

彭　斯（1759—1796）八首

苏格兰有史以来最杰出的农民诗人。优秀诗篇有《自由树》《苏格兰人》《两只狗》《一朵红红的玫瑰》《高原玛丽》《往昔的时光》等。他的诗歌反映了民族民主革命的浪潮，出色地抒写了农民的思想感情，并吸收了古歌谣的精华，通俗流畅，便于吟唱，因而在民间流传极广，具有很高的认识意义和艺术价值。所作情歌描绘多种多样的情绪状态，人物栩栩如生，情景细致真实，同时富于风趣和幽默感。彭斯是马克思最喜爱的诗人之一。

一朵红红的玫瑰

啊，我的爱人像一朵红红的玫瑰，
六月里迎风初开；
啊，我的爱人像一曲甜蜜的歌，
唱得合拍又柔和。

我的好姑娘，多么美丽的人儿！
我呀，多么深的爱情！
亲爱的，我永远爱你，
纵使大海干枯水流尽。

纵使大海干枯水流尽，
太阳将岩石烧作灰尘，
亲爱的，我永远爱你，
只要我生命犹存。

珍重吧，我唯一的爱人，
珍重吧，让我们暂时别离。
但我定要回来，
哪怕千里万里！

天风来自四面八方……

天风来自四面八方，
　　其中我最爱西方。
西方有个好姑娘，
　　她是我心所向往！

那儿树林深，水流长，
　　还有不断的山岗，
但是我日夜地狂想，
　　只想我的琴姑娘。

鲜花滴露开眼前——
　　我看见她美丽的甜脸；
小鸟婉转在枝头——
　　我听见她迷人的歌喉；
只要是天生的好花，
　　不管长在泉旁林间哪一家，
只要是小鸟会歌唱，
　　都叫我想到我的琴姑娘！

玛丽·莫里逊

啊，玛丽，守候在窗口吧，
　这正是我们相会的良辰！
只消看一眼你的明眸和巧笑，
　守财奴的珍宝就不如灰尘！
我将快乐地忍受一切苦难，

　　牛马般踏上征途，一程又一程，
只要能得着无价的奖赏——
　　那可爱的玛丽·莫里逊！

昨夜灯火通明，伴着颤动的提琴声，
　　大厅里旋转着迷人的长裙。
我的心儿却飞向了你，
　　坐在人堆里，不见也不闻；
虽然这个白得俏，那个黑得俊，
　　那边还有全城倾倒的美人，
我叹了一口气，对她们大家说：
　　“你们不是玛丽·莫里逊。”

啊，玛丽，有人甘愿为你死，
　　你怎能叫他永远失去安宁？
你怎能粉碎他的心？
　　他错只错在爱你过分！
纵使你不愿以爱来还爱，
　　至少该对我有几分怜悯，
我知道任何冷酷的心意，决不会
　　来自温柔的玛丽·莫里逊。

如果你站在冷风里

啊，如果你站在冷风里，
　一人在草地，在草地，
我的小屋会挡住凶恶的风，
　保护你，保护你。
如果灾难像风暴袭来，
　落在你头上，你头上，
我将用胸脯温暖你，
　一切同享，一切同当。

如果我站在最可怕的荒野，
　天黑又把路迷，把路迷，
就是沙漠也变成天堂，
　只要有你，只要有你。
如果我是地球的君王，
　宝座我们共有，我们共有，
我的王冠上有一粒最亮的珍珠——
　它是我的王后，我的王后。

郎吹口哨妹就来

（合唱）啊，郎吹口哨妹就来，
啊，郎吹口哨妹就来！
哪怕爹娘气得发疯，
啊，郎吹口哨妹就来！

你要求爱得悄悄来，
后门不开不要来，
来了从后院上楼别让人见，
见了装作不是为我来，
见了装作不是为我来！

如果在教堂和市场碰上我，
你要装作无心看我就走过，
走过了可要把你的黑眼偷偷瞧，
瞧着了又当不知道，
瞧着了又当不知道！

有时候你该发誓赌咒不理我，
有时候不妨说我长得丑。
但是啊，就为假装也不许把别的姑娘勾，

我怕她们会把你的心来偷，
我怕她们会把你的心来偷！

（合唱）啊，郎吹口哨妹就来，
啊，郎吹口哨妹就来！
哪怕爹娘气得发疯，
啊，郎吹口哨妹就来！

杜河两岸

美丽的杜河两岸开满花，
　　如何竟开得这样鲜艳？
小鸟怎么这样尽情歌唱？
　　唯独我充满了忧伤！
会唱的小鸟呀，你浪荡地出入花丛，
　　只使我看了心碎！
因为你叫我想起逝去的欢乐——
　　逝去了，永不再回！

我曾在杜河两岸徘徊，
　　喜看藤萝攀住了蔷薇，

还听鸟儿都将爱情歌唱，
　　我也痴心地歌唱我的情郎。
快乐里我摘下一朵玫瑰，
　　红艳艳，香甜甜，带着小刺——
不想负心郎偷走了玫瑰，
　　啊，只给我留下了小刺！

以上　王佐良　译
（选自《彭斯诗选》，人民文学出版社，1959 年）

我的嫁妆是宝贝

啊，我那情人很看重我的美貌，
　他也很看重我的家庭；
我的才学他可不大想到，
　我的嫁妆是宝贝，迷了他的心。
只是为了苹果他才种树，
　只是为了蜂蜜他才养蜂，
我的情郎那样爱钱，
　对我，他不会再有余情相钟。

你掏出一枚便士做爱情的定钱，

想把我那份嫁妆买进；
你虽狡猾，我可也机灵，
想你还是找别个试试命运。
你就像那破林子里的木材，
你就像那烂树枝上的树皮，
你将像没有结头的线从我手上滑落，
你将在更多人的手里丧失信誉。

约翰·安徒生，我爱

约翰·安徒生，约翰我爱，
想我们当初结识，
你的剑眉光滑，
你的头发乌黑；
如今你眉毛脱尽，约翰，
你的头发雪白；
约翰·安徒生，我爱，
我祝福你那一头白发！
约翰·安徒生，约翰我爱，
我们曾同登山丘；
多少个快活日子，约翰，

　　我们曾一起享有；
如今我们得蹒跚下坡，约翰，
　　不久我们会离去，手携着手；
约翰·安徒生，我爱，
　　到山脚下去长眠相守。

袁可嘉　译

（选自《彭斯诗抄》，上海文艺出版社，1959 年）

华兹华斯（1770—1850）四首

英国浪漫主义诗人，“湖畔派”的代表，1843 年被封为桂冠诗人。在艺术技巧上，他独辟蹊径，摒弃十八世纪诗歌的因袭滥调，采用民间生动朴素的口语来写诗，清新可诵，天然成趣，对英诗产生了深远的影响。他的主要作品有《抒情歌谣集》（与柯勒律治合著），长诗《序曲》《远游》等。

无 题

（1799 年于德国）

不可名状的奇异的感情，
一阵阵涌上我的心田；
我将要大胆地倾诉这一切，
但只能在我情人的耳边！

当我可爱的她，每天

都像六月的玫瑰一样鲜艳，
我在傍晚的月光之下，
迈开步履走向她的家园。

我面向那辽阔的草原，
目光注视着天边的月亮，
我的马加快了步伐，走在
对我是如此亲切的小路上！

我们穿过了果树园，
我们又爬上了小山坡，
现在，下沉的月亮接近了，
愈来愈接近了露西的村舍！

我的眼睛一直凝视着
西边那下沉的月亮，
那是慈祥的大自然的恩惠，
我走进了一个甜蜜的梦乡！

马蹄不停地敲打着大地，
一步步一声声，向前，向前……
可是那明媚的月亮，突然

坠落在村舍屋顶的后面！

“啊！天啊！”我对自己大喊，
“如果露西死了怎么办！”
这是什么多情的、古怪的念头，
猛然敲击了一个情人的心弦！

失去的爱

（1799 年于德国）

她住在无人迹的小路边，
她住在“鸽子泉”小溪旁；
她，一个默默无闻的少女，
无人爱，也没人赞扬！

苔藓石旁的一朵紫罗兰，
人们只见半隐半露的脸庞；
她像天上星星一样美丽可爱，
当天空只有这一颗星闪耀光芒！

露西，她活着无人所知，

她死了旁人也不哀伤；
可是，这对于我可不一样，啊！
我住在坟墓里的姑娘！

露伊莎

（1805 年，写于陪伴她到山间远足之后）

在阴凉的树荫下，
我遇见可爱的露伊莎；
那少女像山林水泽中的女神，
为什么？我见了她不敢说话。
她敏捷而有力地跳过岩石，
就像五月间的小溪飞出山崖！

她爱她的炉火、茅舍的家，
也爱来回奔跑在沼泽山洼：
不管是冒着萧瑟悲凉的天气，
还是在狂风暴雨中挣扎。
看那闪耀在她面颊上的雨珠，
啊！我要是能把它亲吻一下！

当她沿着小溪迂回而行，
去寻觅那瀑布流霞；
我想，如果能在古老的山洞里，
或者在长满绿苔的角落坐下，
我愿意抛弃世上的一切，
只求片刻，依偎着她！

她是快乐的精灵

（1807 年）

她是快乐的精灵，
当她第一次闪耀在我的眼前；
一个多么可爱的尤物，
作为片刻的珠宝送来人间。
她灰暗的头发像黄昏，
她的眼睛是黄昏中美丽的星星；
但她身上其余的一切，
却来自明媚的春光和欢快的黎明。
一个欢乐的幻象，一个跳舞的阴影，
她埋伏在半路，突然使人迷惑、吃惊！

我走得更近一些注视她，
一个精灵，可确又是个女人！
她做家务动作利索、灵活，
她的步伐有着处女的轻盈。
甜蜜的经历与甜蜜的许诺，
融合塑造了她甜美的颜容。
她是这样一个普通的人儿，
汲取人类本性的养料并不过分：
每天有短暂的忧伤，平常的打闹，
也有赞扬，责备，哭笑和亲吻！

现在我用安详的眼睛，
凝视人类器官脉搏的跳动，
她是生命与死亡之间的客旅，
一个富有思想的呼吸的人！
谦让忍耐，有技巧和力量，
深谋远虑，有天赋的聪明；
是一个神明安排的完美的女郎，
给我们安慰、告诫和命令！
有着天使般的妩媚光辉，
她，仍是一个精灵！

袁广达　梁葆成　译

济　慈（1795—1821）五首

英国才华卓越的浪漫主义诗人。具有民主主义思想。诗篇优美，充满乐观情调，渗透着热爱自由的精神。雪莱赞誉他是“一棵露珠培育出来的鲜花”。最著名的抒情诗有《夜莺颂》《秋颂》等。

给——

假如我面貌英俊，我的轻叹
　就会迅速荡过那玲珑玉壳——
　你的耳朵，把你的心找到；
热情尽够鼓舞我前去冒险：
但可惜我不是无敌的骑士，
　没有盔甲闪闪的在我前胸，
　我也不是山中快乐的牧童，
能让嘴唇对牧女的眼睛放肆。
然而我仍得爱你，说你甜蜜，

因为你甜过希布拉[1]的玫瑰
当它浸润在醉人的露水里。
唉！但我只合品尝那露滴，
等月亮露出脸，苍白而憔悴，
我将要凭咒语把露水采集。

给 G.A.W.[2]

斜睨和低首微笑的少女啊，
在一天中哪个神奇的刹那
你最可爱？是否当你在说话，
一片甜蜜的语调令人沉迷？
或者是看你在安静地思索，
默默出神？或者突然起了床，
你披着长衫，出去迎接晨光，
一路纵跳，不愿意践踏花朵？
也许最好是看你凝神地
张着红唇聆听，满面爱娇：

① 希布拉，爱特纳山腰上的城镇。有野生芳草，味极甘美。
② G. A. W. ，以后为乔治·济慈（济慈弟）之妻。

但你生得如此讨人欢喜，
　很难说：哪种情致最美妙；
正如难说哪一位格拉茜[①]
　在阿波罗[②]前舞得最轻巧。

给——

自从我被你的美所纠缠，
　你裸露了的手臂把我俘获，
时间的海洋已经有五年
　在低潮，沙漏反复过滤着时刻。
可是，每当我凝视着夜空，
　我仍看到你的眼睛在闪亮；
每当我看到玫瑰的鲜红，
　心灵就朝向你的面颊飞翔；
每当我看到初开放的花，
　我的耳朵，仿佛贴近你唇际
想听一句爱语，就会吞下

① 格拉茜，大神宙斯的几个女儿的总称。她们司美及快乐等。
② 阿波罗，太阳神，司艺术。

　错误的芬芳：唉，甜蜜的回忆
使每一种喜悦都黯淡无光，
你给我的欢乐带来了忧伤。

狄万的姑娘

你到哪儿去呀，狄万的姑娘？
　你的提筐里装的是什么？
你从牛奶房来的小仙女儿，
　行不行，要是我讨一点乳酪？

我爱你的草坪，我爱你的花朵，
　我很爱你的乳酥食品；
如果在门后，我更爱偷偷吻你，
　哟，别这么轻蔑地看人。

我爱你的山峰，我爱你的山谷，
　我还爱你的羊儿咩叫，
我多愿意在灌木下和你躺着，
　听我们的两颗心欢跳！

那我就把你的提筐放在一隅，
　把你的披肩挂上杨柳，
我们将只对着雏菊轻叹，接吻，
　用青青的草当作枕头。

灿烂的星 *

灿烂的星！我祈求像你那样坚定——
　但我不愿意高悬夜空，独自
辉映，并且永恒地睁着眼睛，
　像自然间耐心的、不眠的隐士，
不断望着海涛，那大地的神父，
　用圣水冲洗人所卜居的岸沿，
或者注视飘飞的白雪，像面幕，
　灿烂、轻盈，覆盖着洼地和高山——
啊，不，——我只愿坚定不移地
　以头枕在爱人酥软的胸脯上，
永远感到它舒缓地降落、升起；
　而醒来，心里充满甜蜜的激荡，

* 这是济慈的最后一首诗，是写给他的恋人范妮·勃朗的，作于自英国赴意大利的海船上。

不断、不断听着她细腻的呼吸，
就这样活着——或昏迷地死去。

查良铮　译
（选自《济慈诗选》，人民文学出版社，1958 年）

……对于诗，我有几条原则。你将会看出我离这些原则的中心还远着呢。

第一，诗应当以美妙的夸张夺人，而不是以古怪离奇自炫；应当使读者觉得这是他自己的最崇高思想的表达，好像就几乎是自己的一种回忆。

第二，诗所指点的美，决不可半道而止，使读者屏息以待，而不是心满意足。形象的产生、发展和下落，应当像太阳一样，来得自然，满照头上，然后堂皇却又清醒地下降，把人们逗留在黄昏的富丽景色中。但论诗比动笔写诗容易。这就使我想到另一条原则：如果诗之写成不能像树叶发芽那样自然，倒不如不写为妙。

——济慈

勃朗宁夫人（1806—1861）七首

即伊丽莎白·芭蕾特·勃朗宁。英国著名诗人。她的名作《葡萄牙人的十四行诗》，共四十四首，是献给她丈夫——诗人罗伯特·勃朗宁的。因她丈夫称她为“我的小葡萄牙人”，故集子取名为《葡萄牙人的十四行诗》。诗句优美，感情真挚、深厚。《我是怎样地爱你》被认为是最有名的英语爱情诗。

勃朗宁夫人也写过一些反映社会现实生活的诗篇。在《儿童的呼声》一诗中，表达了女诗人对当时童工所受压迫和剥削的抗议。

·十四行诗·

徘徊在你的身影里

舍下我，走吧。可是我觉得，从此
我就一直徘徊在你的身影里。
在那孤独的生命的边缘，从今再不能

掌握自己的心灵，或是坦然地
把这手伸向日光，像从前那样，
而能约束自己不感到你的指尖
触上我的掌心。劫运教天悬地殊
隔离了我们，却留下你那颗心
在我的心房搏动着双重声响。
正像是酒，总尝得出原来的葡萄，
我的起居和梦寐里都有着你的份。
当我向上帝祈祷、为着我自己，
他却听得了一个名字，那是你的；
又在我眼里看见有两个人的眼泪。

爱着你就足了数

我应不应该有什么，就拿什么给你？
可应该让你靠着我胸怀，承受
我苦泪的浸淋；听着那伤逝的青春，
在我的唇边重复着叹息，偶尔
浮起一丝微笑，哪怕你怎样请命，
也随即在叹息里寂灭？啊，我但怕
这并不应该！我俩是不相称的

一对，哪能匹配做情侣？我承认，
我也伤心，像我这样的施主
只算得鄙吝。唉，可是我怎能够叫
我满身的尘土玷污了你的紫袍，
叫我的毒气喷向你的威尼斯晶杯[①]！
我什么爱也不给，因为什么都不该给。
爱呀，让我只爱着你就足了数！

爱就是火

不过只要是爱，是爱，就够你赞美，
值得你接受。你知道，爱就是火，
火总是光明的，不问焚着的是庙堂
或者柴堆——那栋梁还是荆榛在
燃烧，火焰里总跳得出同样的光辉。
当我倾吐出："我爱你！"在你的眼里，
那荣耀的瞬息，我成了一尊金身，
感觉着有一道新吐的皓光从我天庭

① 威尼斯晶杯：中世纪时，威尼斯以制玻璃精品著称，所产的一种名贵玻璃酒杯，据说一沾到毒药就自行爆炸。

射向你脸上。是爱，就无所谓卑下，
即使这爱来自最微贱的：那微贱的生灵
献爱给上帝，宽宏的上帝接受了它
又回赐给它爱。我那迸发的热情，
就像道光，通过我这陋质，昭示了
爱的大手笔怎样给造物润色。

请再说一遍："我爱你！"

请说了一遍再向我说一遍，
　说"我爱你！"即使那样重复了又重复
　你要把它看成一支"布谷鸟的歌曲"①；
可是记着，在那青山和绿林间，
那山谷和田野中，纵使清新的春天
　披着全身绿装降临，也不算完整无缺，
　要是她缺少了那串布谷鸟的音节。
爱，四周那么黑暗，耳边只听见
惊悸的心声，处于那痛苦的不安中

① 布谷鸟啼叫，音节简单重复，故人们把千篇一律的复述比作"布谷鸟的歌曲"。英国诗人把布谷鸟看作报春的使者。

我嚷道："再说一遍：我爱你！"谁嫌
太多的星，即使每颗都在太空转动；
太多的花，即使每朵洋溢着春意？
说你爱我吧，重复地敲着银钟！
只是记着：还得用灵魂爱我，在默默里。

我的相思围抱住了你

我想你！我的相思围抱住了你，
绕着你而繁荣，像葛藤卷缠着树木
遍发出肥大的叶瓣，除了那蔓延的
青翠把树身掩蔽，就什么都不见。
可是我的棕榈树呀，你该明白，
我怎愿怀着我的思念而失却了
更亲更宝贵的你！我宁可你显现
你自己的存在；像一株坚强的树
沙沙地摇撼枝丫，挣出了赤裸的
躯干来，教这些重重累累的绿叶
都给摔下来狼藉满地。因为在

看着你、听着你、在你的阴影里吸着
清新的空气，洋溢着至深的喜悦时，
我再不想你，我是那么地贴紧你。

以上　方平　译

（选自《抒情十四行诗集》，新文艺出版社，1956 年）

如果你定要爱我

为爱情而爱吧，如果你定要爱我，
让你的爱不要为了什么！
不要说："我爱她美貌出众，
我爱她温柔的语调和笑容；
因为她的癖好和我的一样，
它会教日子过得愉快和安详！"
亲爱的，由于这一切都可以改变，
为了这一切的爱也会时过情迁。
也不要用你的怜悯擦干她的泪花，
把你的情意恩赐给她；
对你的安慰她可以长记心怀，
也许忘记哭泣，却因此失去你的爱！
为了爱能像永恒的山河，
求你只为爱情而爱我！

我是怎样地爱你……

我是怎样地爱你？诉不尽万语千言：
我爱你的程度是那样的高深和广远，
恰似我的灵魂曾飞到了九天与黄泉，
去探索人生的奥妙，和神灵的恩典。
无论是白昼还是夜晚，我爱你不息，
像我每日必需的摄生食物不能间断。
我纯洁地爱你，不为奉承吹捧迷惑，
我勇敢地爱你，如同为正义而奋争！
爱你，以昔日的剧痛和童年的忠诚，
爱你，以眼泪、笑声及全部的生命。
要是没有你，我的心就失去了圣贤，
要是没有你，我的心就失去了激情。
假如上帝愿意，请为我做主和见证：
在我死后，我必将爱你更深，更深！

以上　袁广达　梁葆成　译

罗伯特·勃朗宁（1812—1889）一首

英国十九世纪著名诗人，作品着重心理分析，创造了“戏剧独白”的诗歌形式。代表作为诗集《登场人物》和两万余行的无韵长诗《环与书》。

至 善

岁月的全部馨香和芳菲都在一只蜜蜂的袋里，
　矿藏的全部美妙和富裕都在一块宝石的心里，
在一颗珍珠的核里有着大海的全部阴阳。
　　馨香和芳菲，阴和阳，美妙，富裕，
　　　　以及——远远超过它们的——
　　　比宝石更光辉的真诚，
　　　比珍珠更纯洁的信任，——
宇宙间最光辉的真诚，最纯洁的信任——
　　　　一切对我来说，
　　　都在一个姑娘的吻里。

阮珅　译

艾·丁尼生（1809—1892）两首

英国维多利亚时期的主要诗人。他的诗歌讲究节奏、旋律的美，曾有人评论说：丁尼生好像对诗歌的旋律变化有特殊的听觉。从《磨坊主的千金》和《燕子啊燕子》两首诗里，可见诗人浪漫主义风格之一斑。他的顶峰之作《悼念》，是英国文学史上最出色的挽歌之一。由于这本诗集深得女王赏识，丁尼生被封为桂冠诗人，接替刚去世的华兹华斯。

磨坊主的千金

她是磨坊主的千金，
多么标致可爱的女郎！
我愿做一颗宝石耳坠儿，
日夜悠晃在她的耳旁；
我可以抚摩那温馨的王项，
是她美丽的发卷把我隐藏。

我愿做一条宽长的腰带，

缠在她秀丽的细腰上；
她的心紧挨着我跳动，
无论是安闲还是忧伤。
我要时刻紧贴着它，
好知道她的心率是否正常！

我愿做一串项链，
挂在她那馥郁的酥胸上；
随着她的笑声与叹息而上下移动，
终日享受着温暖与馨香。
夜间她也不会把我解下，
让我轻轻地安眠在她的胸膛！

燕子啊燕子……

燕子啊燕子，
啊！燕子，燕子，飞啊，飞向南方，
飞到她那里，落在她金色的屋檐上，
对她讲，把我跟你说的对她讲！

啊，燕子，无所不知的燕子，对她讲：

北方幽暗，但柔和，忠实可靠，
南方明亮，但凶猛，变化无常。

燕子啊燕子，
啊，燕子，燕子，如果我能跟你高翔，
落在她的窗子上，我将把千百句情话，
对她呢喃，婉转诵唱。

啊，如果我是你，她将把我收容，
把我放在她的酥胸上，
她的心将轻轻摇动那雪白的摇篮，
　直至我死亡。

啊，你问她：
她的心为何迟迟不穿上爱情之衣，
就像娇嫩的梣树那样，当万木青翠，
她却迟迟不为自己披装？

啊，告诉她，燕子，你孵的乳燕已在飞翔，
告诉她，在北方，我的窝棚早已建好，
我在南方只是嬉戏游荡。

啊，告诉她，南方月亮的美是短暂的，
北方夏日的阳光也是这样；
生命是短促的，只有爱情地久天长。

啊，燕子，从金黄色的树林飞去吧，
飞到她那里，向她求爱，对她歌唱，
让她成为我的爱人，告诉她，告诉她，
我将随你飞到她的身旁！

袁广达　梁葆成　译

罗赛蒂（1830—1894）一首

英国拉斐尔前派诗人。少年时期即开始写诗。她常在梳妆台前写出美妙的诗句，并善于抓住瞬息即逝的事物作为主题，把它反复出现在诗句中。她的理想是精神世界的纯粹与自我克制。《歌》是她的著名诗篇之一，带有神秘色彩和忧郁哀伤的情调。

歌

在我死了以后，亲爱的，
不要为我唱哀歌；
不要在我头上栽种玫瑰，
也不要栽种成荫的松柏；
但愿你成为雨露滋润的绿草，
铺盖着我坟墓上的山坡。
　　如你愿意就怀念我，
　　如你愿意就忘记我！

我将看不见松柏玫瑰，

也感觉不到草地洒满了雨水；
我将听不到夜莺的啼唱，
彻夜诉说心中的苦悲。
我住在不生不灭的混沌世界，
没有黑夜，也没有日出的光辉。
　　也许我偶然想起谁，
　　也许我偶然忘了谁！

袁广达　梁葆成　译

维·亨·戴维斯（1871—1940）一首

英国威尔士抒情诗人。做过街头小贩和卖唱艺人。《超级流浪汉自传》，是他最佳的散文作品。英国戏剧大师萧伯纳为其作序。戴维斯的诗歌创作，常给具体的形象渲染以新颖亲切的幻想，诗中充满着不易解释的光和色的协调。所选《躯体与灵魂》即可代表诗人这种光与色、虚与实互相衬托的表现手法。

躯体与灵魂

是谁在楼梯上，站在我的面前？
啊，是你吗，我的心肝？
我的烛火穿过你的手臂，
但你仍然不动，默默无言；
啊，原来烛火穿过的是你的灵魂，
你躯体已经死亡，你已不在人间！

这是你的灵魂，我奔上楼梯，
走到安放你遗体的地方。

我将你吻了又吻，
但你的脸色仍不回还！
我紧紧地拥抱你，想嗅到你一口呼吸，
——因为这是睡眠，不是死亡！

她睡在坟墓里的第一晚，
我往镜子里看，
我见她从床上坐起，
四周寂然。
我见她想拿一盒香粉，
伸手去摸床单。

她一直坐在那里盯着我，
怕我向她那方向窥看。
我见她把香粉擦在面颊与下颔，
她的躯体很快就要腐烂。
然后我的夫人又复躺下，
微笑仍在嘴边；
可怜的孩子，她以为
她保持了她的美颜！

我三步两步跑下楼梯，

我跑上大街，已半疯半癫，

我仍然看见她手的动作，

啊！我的心已碎成片片！

我彻夜看见在我背后，

她在擦粉，在擦粉，眼睛却盯着我的脸……

袁广达　梁葆成　译

奥　顿（1907—1973）一首

英国杰出的诗人和评论家，1946 年加入美籍。英美诗坛曾有“二十年代是艾略特（1888—1965）时代，三十年代是奥顿时代”之说。奥顿试图解释时代，剖析社会的罪恶，探讨大家关心的思想意识与道德问题。在他的作品中也可看出作者企图表达一些离奇幻想的内心世界，因此他的诗篇有时颇为费解。《有一个傍晚我离开了家……》这首诗颇有代表性，我们由此可以领略诗人作品的一些思想和艺术风格的特点。

有一个傍晚我离开了家……

有一个傍晚我离开了家，
顺着布列斯托街溜达；
　像刚收割的麦子扔在地上，
　一堆堆人群蹲在路旁。

我在波涛汹涌的河边，
　听到铁路拱桥下有人歌唱，

那是一个恋人的心声：
　“爱情是茫茫无边的海洋。

“我爱你，亲爱的，我将爱你
　直至中国和非洲相连；
鲑鱼在马路上唱歌，
　河水跳过高山。

“我将爱你，直至海洋被竖起，
　挂在树上晒干；
天上的七星像鹅一样
　嘎嘎地叫唤走过村前。

“我正当青春年少，
时代的花朵在胸中燃烧；
　因我怀着世上最珍贵的爱情，
　岁月像兔子一溜毫无踪影。”

此刻城里所有的时钟，
开始了和谐的奏鸣。
　“啊，你绝不能征服时间，
　但也不要让时间把你欺骗。

“在那梦魇的洞穴里，
有赤身裸体的正义，
时间在阴暗处窥视人生，
当你正要亲吻，它就咳嗽一声。

“在头痛和忧愁中，
日子悄悄地漏掉；
时间有它自己的幻想，
无论是明日或是今朝！

“骇人听闻的大雪，
压低了多少山坳；
时间破坏了飞旋的舞蹈，
和跳水者漂亮的弓形弧道！

“啊，把你的手浸在水中，
一直把它浸到手腕，
看看你失去了什么，
往盆里看，仔细地看！

“冰川在碗橱里碰击，
沙漠在床上叹息；
茶杯上的裂缝打开了一条

通往死亡世界的路桥。

“在那里，乞丐用钞票抽彩，
童话的巨人迷惑了男孩；
怒吼的男子洁白如百合花一样，
旁边朝天躺着一个姑娘。

“啊，在你忧伤的时候，
请你往镜子里看看！
虽然你不能赞美上帝，
但生活仍然是神的恩典。

“啊，站起来，站在窗前，
热泪滚滚如飞泉；
你将用你畸形的心，
爱你畸形的左邻。”

那天晚上已经很晚很晚，
他们，一对情侣离开了河岸；
已听不到柔和的钟声，
可是汹涌的波涛仍滚滚向前！

袁广达　梁葆成　译

崇高的爱情　优美的诗篇

1844 年，罗伯特 · 勃朗宁已是闻名英国的大诗人。一次，他偶然读到一本他并不认识的女诗人——伊丽莎白 · 芭蕾特的诗集，大为敬佩作者的才华，给她写信表示了爱慕之情。

芭蕾特八岁开始写诗，十二岁时发表了四卷史诗。但她在十五岁那年，却因坠马造成了瘫痪，长期卧床不起。她深恐妨碍罗伯特的前程和幸福，便婉言拒绝了他的求爱。那时，芭蕾特三十九岁，比勃朗宁大六岁。

勃朗宁并不因芭蕾特瘫痪而动摇对她的追求。他们见面后，谈得十分欢洽。勃朗宁正式求婚，芭蕾特几经拒绝，最后终于接受了他热烈的爱。纯真、高尚的爱情给瘫痪了二十多年的芭蕾特带来了巨大的快乐和幸福，并且使她惊人地恢复了健康，变得更年轻更美丽。尽管她父亲反对这门亲事，这对情侣还是毅然决然地秘密离开家庭结了婚。婚后，他们寓居意大利，在那里度过了美满幸福的一生。

芭蕾特和勃朗宁从恋爱到结合的全过程都反映在她所写的《葡萄牙人的十四行诗》中。

爱尔兰

威廉·勃特勒·叶芝（1865—1939）一首

现代爱尔兰著名的抒情诗人和剧作家，诺贝尔文学奖奖金获得者，二十世纪初爱尔兰文艺复兴运动的领导人之一。他是后期象征主义诗歌在英国的主要代表，对现代英国诗歌的发展有过重大影响。他的代表作品有抒情诗《茵纳斯弗利岛》《当你老了……》《一九一六年复活节》《驶向拜占庭》等。

当你老了……*

当你老了，头白了，睡思昏沉，
炉火旁打盹，请取下这部诗歌，
慢慢读，回想你过去眼神的柔和，
回想它们昔日浓重的阴影；

多少人爱你青春欢畅的时辰，
爱慕你的美丽，假意或真心，

* 1893 年为毛特·岗而作，她是爱尔兰自治运动中主要人物之一，曾是叶芝长期追求的对象。

只有一个人爱你那朝圣者的灵魂[1]，
爱你衰老了的脸上的痛苦的皱纹；

垂下头来，在红光闪耀的炉子旁，
凄然地轻轻诉说那爱情的消逝，
在头顶的山上它缓缓踱着步子，
在一群星星中间隐藏着脸庞。

袁可嘉　译
（选自《外国现代派作品选》第一卷，上海文艺出版社，1980年）

① 毛特·岗热爱爱尔兰的独立事业，曾为之进行终生的斗争。

法 国

贝朗瑞（1780—1857）一首

法国人民诗人、民主主义歌手。他的诗歌继承和发扬了法国民歌，特别是十八世纪法国资产阶级革命时代的革命民歌的优秀传统，朴实，自然，活泼，明快，富有旋律感，充满生活气息，能与现实的社会政治斗争密切结合。革命导师马克思曾高度评价他的诗歌，并称誉他为“不朽的贝朗瑞”。

洛彩德

采用布柏朗先生新谱的曲调

什么！你不惜自己的妙龄，
来和我说爱谈情，
我在四十岁的重担下
已经失去了青春！
从前只消一个轻佻的小家碧玉，
我对她就会有火热的心肠。

呀！为什么我不能爱你，
像从前爱洛彩德一样？

你每天坐着马车，
盛装艳服，十分辉煌。
洛彩德呢，穿的是平常的新装，
她赤着脚跑路，活泼敏捷，喜气洋洋。
但她的眼睛，为了使我恐慌，
到处招惹男人们对她妄想。
呀！为什么我不能爱你，
像从前爱洛彩德一样？

在你丝罗绸缎布满的闺房中，
有千百面明镜照着你的笑容。
但洛彩德却只有一面明镜；
我相信这明镜属于美貌的女神。
她从不用帘幔把自己关在房间里；
旭日照得她的睡床格外漂亮。
呀！为什么我不能爱你，
像从前爱洛彩德一样？

你的辉煌敏悟的才智，

也许很多人要用诗歌来赞美，
我对你说实话，并不感到惭愧：
洛彩德几乎不认识字。
要是她不知怎么说话，
爱情替她表达了思想。
呀！为什么我不能爱你，
像从前爱洛彩德一样？

她没有你那样美丽，
甚至她的心肠不如你柔软温存；
真的，她向那喜欢听她说话的情人，
转动秋波时也没有你那种蜜意柔情，
但是她使我真个销魂，
拿去了我怀念的青春。
呀！为什么我不能爱你，
像从前爱洛彩德一样？

沈宝基　译

（选自《贝朗瑞歌曲选》，人民文学出版社，1958 年）

雨　果（1802—1885）一首

法国文学史上的重要作家，十九世纪前期浪漫主义文学运动的领袖人物。他在漫长的一生中，创作了数量惊人的诗歌、剧本、小说、文学理论作品并产生了巨大的影响。主要作品有小说《悲惨世界》《巴黎圣母院》《九三年》，剧本《欧那妮》《国王寻乐》，诗歌《东方集》《惩罚集》等。

小夜曲

黄昏后，当你在我怀中柔声歌唱，
你可曾听见我的心轻轻跳动？
温柔歌声唤起我往日的一切欢乐。
啊！歌唱，歌唱，我亲爱的，永远歌唱；

你微笑，好像爱情花朵含苞怒放，
我心中一切忧虑都随它消散。

纯洁微笑就像你那忠实的心。
啊！欢笑，欢笑，我亲爱的，尽情欢笑；

正当你倚在我的身旁静静安睡，
那呼吸好像你正在喃喃细语。
你在睡梦中是这样恬静，这样美丽。
啊！安睡，安睡，我亲爱的，静静安睡。

邵承斌　译

（选自《中外歌曲300首》，浙江人民出版社，1979年）

当然，自由不是混乱；独创性在任何情况下都不能当作荒谬的借口。在文学作品里，构思愈是大胆，创作愈应无懈可击。如果你要有与众不同的理由，你的理由就应该十倍于人。作家愈是不以修辞学为意，就愈要尊重文法规则。

一个作家如果关心后代的话，就会不断地纯洁语法，而同时又不抛弃用来表现他精神中特殊个性的特色。滥造新词只不过是补救自己的低能的一个可怜的办法。有错误的语言永远也不能表述思想，而文体就像是水晶，愈纯净便愈光亮。

——雨果

波德莱尔（1821—1867）三首

法国现代派诗歌的创始人，散文家，文艺评论家。著有诗集《恶之花》《散文诗集》和文学、美学论文。他的诗既有浪漫主义的主观情调，又有现实主义的客观反映。表现形式接近古典主义，可是内容奇特，想象奔放，感觉过敏，放荡不羁，和往昔的诗作迥然不同。他的理论和创作使他成为象征派的先驱，影响深远，后来许多西方现代派诗人都奉他为师。

吻着你的鬈发

啊！你这浓密的鬈发，
宛如波浪一直蔓延到颈旁；
啊！你这翻卷的发花，
蓬乱中微微泛着芬芳。

倦怠的亚洲，火烫的非洲，
所有这遥远、消逝的世界，
都还生在你的深渊——
这芬芳的森林之中。
正像别人的心迎着乐曲飞舞；
我的心灵，
却在这轻馨里漂浮……

我要去那里——
人类都生机勃勃，
树木都郁郁葱葱，
——一切都沉醉在温暖里；
你这粗黑的发辫啊，
快化作海浪把我卷起！
而这乌木般的海洋，
也并不如此安静；
你包藏着白帆、桅杆，
木桨和点点渔火，
——整整一个光灿灿的梦。

一个繁忙的小港，

色彩鲜美，风和日丽；
滚滚浪涛千里飘香，
金波上只只航船游来浮去。
它们张开宽广的胸怀，
拥抱起无限的光荣，
永久不息的暖风，
颤抖在湛蓝纯净的苍穹。

我把迷醉而热恋的头，
持久地埋入你这乌黑海洋的怀抱；
于是，我灵敏的思绪，
得到这微颤的柔抚；
立刻进入了你们的怀抱：
美味的懒散，
泛香的悠闲，
永久的飘摇。

蓝色的鬈发，
乌黑的琼阁；
你使我重见广阔的蓝天，
你使我又梦熟悉的家舍。
在卷曲发绺这毛茸茸的海滩上，

我热烈地沉醉在柏油、麝香，
和可可油的混合气味中，
把无比的美味久远品尝……

在这浓密鬈发中，
我亲手采拾宝石、珍珠；
为了让你永远感到我的爱，
让我永久地吻着你的狮鬃。
你难道不正是，
我梦思苦萦的绿洲？
你难道不盛满，
我大口吮喝的回忆美酒？

邀妹去旅行

我的宝贝，
我的妹妹；
想一想该是多么美妙甜蜜，
——如果我们这样生活在一起。
在闲暇中相爱，
在如你一样美丽的土地上，

去生存、去死亡。

雾蒙蒙的天空浸湿了太阳，
但这对我朦胧的思绪，
却更充满了神奇的魅力，
因为它正像你忧郁的双眸，
忽闪在模糊的泪幕里。

——那里，
一切都充满美妙、条理；
——那里，
一切都富饶、快乐、静寂。

我们的洞房里装饰着，
被年月摩擦得光滑的家具，
最稀有的鲜花，
把芬芳与琥珀混同一起，
优雅的天花板，
深邃而明亮的铜镜，
更有东方一切堂皇富丽；
都以它们自己神秘的语言，
和我们的心灵亲密地窃窃私语。

——那里，
一切都充满美妙、条理；
——那里，
一切都富饶、快乐、静寂。

请看沉睡在这河流中的船儿，
神情是多么游放漂荡；
它们从世界远方匆匆赶来，
是为了满足你最微小的愿望。

夕阳下山了，
田野也沉浸入梦际；
那城市、那河流，
到处布满黄金和红宝石，
更显得多彩绚丽……
整个世界都在温暖的光芒中，
静静地安息。

——那里，
一切都充满美妙、条理；
——那里，
一切都富饶、快乐、静寂。

以上 亚丁 译

秋

你水晶似的明眸向我说：
“我对你有什么好处，奇怪的爱人？”
——乖些，别作声；一切都使我的心
激怒，除了原始野兽的真诚；

它不愿向你袒示它阴暗的秘密，
一手招我沉睡的摇篮人；
也不愿给你看它的火焰写成的经历，
我恨热情，智慧又令我疲病不振；

我们默默地相爱吧。暗淡的，潜伏的
爱情，在它的岗位上张着命运的弓，
我知道它古老的兵库里那些武器；

罪恶、恐怖和疯狂！——啊，苍白的雏菊！
你不也如我是一轮秋阳，
啊，我如此纯洁，如此无情的玛格丽？

陈敬容　译
（选自《译文》1957 年第 7 期）

吉·阿波里奈（1880—1918）四首

（毕加索／绘像）

法国著名诗人，立体未来派的代表，法国现代派的先驱之一。主要诗集有《醇醪集》《意识的图像》。他大声疾呼新的艺术家必须有新的美感、新的表现方法，并进行了种种试验，如取消标点符号，而靠诗歌本身节奏的抑扬顿挫起到这种作用；写作“谈话体诗歌”，模拟杂乱的谈话，强调声音效果；力图把诗同绘画、音乐、文字书写结合起来。他开创的楼梯式诗歌格式，后来成为一种富有表现力的诗歌形式。此外，他的诗歌还具有明晰、流畅、自然的特点。

蜜腊波桥 *

塞纳河在蜜腊波桥下扬波
　　　我们的爱情

---

* 这是阿波里奈最有名的一首诗。一对情人在桥上注视着滔滔不绝的塞纳河水，从而引起了联想。诗人用河水来比喻逝去的爱情，它奔流而去，永不复回，既有缠绵悱恻的诗意，又写得较为含蓄。这首诗具有民歌的节奏和格式；标点的取消也似乎造成河水不断流动的效果。

应当追忆么
在痛苦的后面往往来了欢乐

让黑夜降临让钟声吟诵
时光消逝了我没有移动

我们就这样手拉着手脸对着脸
在我们胳臂的桥梁
底下永恒的视线
追随着困倦的波澜

让黑夜降临让钟声吟诵
时光消逝了我没有移动

爱情消逝了像一江流逝的春水
爱情消逝了
生命多么迂回
希望又是多么雄伟

让黑夜降临让钟声吟诵
时光消逝了我没有移动

过去一天又过去一周
　　　不论是时间是爱情
　　过去了就不再回头
塞纳河在蜜腊波桥下奔流

　　让黑夜降临让钟声吟诵
　　时光消逝了我没有移动

玛 丽 *

做姑娘你曾来这儿跳舞
当了老太太你还会来这儿跳舞吗
玛克罗特 ① 跳得正欢
所有的钟声将一齐响起
几时你才能再来玛丽

戴假面具的舞伴们鸦雀无声
音乐越来越细

---

* 这首诗也用河水来比喻失恋的痛苦，但这里摄取的是乡村舞会的一个画面，直接表达了对爱人的深切思念。

① 比利时的一种地方舞。

像是从天空深处飘来的
是的我爱你但是刚一爱你
我就不禁忧从中来

一群羊儿从雪地里走过
团团的绒毛团团的白银
士兵们过去了我怎么没有了
属于我的这颗心这颗心善变
而又善变此外我还能知道啥事情

我可知道它未来的去向你这头发
像大海里卷起的波涛
我可知道它未来的去向你这头发
你这手还有我们的嘴
像秋风里撒下的落叶

我打塞纳河边走过
臂下夹一本旧书册
河水宛如我的痛苦
它悠悠地流永不枯竭
那么这一周几时才能完结

照 片*

你的微笑吸引着我如同
　　一朵花儿吸引我一样
　　　她的美
　　　是一座森林
照片你便是这森林里栗色的菌
　　　在宁静的花园里
充满奋激的喷泉和着了魔的园丁
　　　月儿出现了
　　　白茫茫一片
　　　　她的美
　　　是一团烈火
照片你便是这烈火的烟
　　　在你那儿
　　　照片
　　　有着困倦的音调
　　　谱出
　　　感人的歌曲
　　　　她的美

* 这首诗通过较为新奇的比喻，对爱人的留影情不自禁地发出赞美。

　　昇一轮红日

照片你便是这红日的影子

以上　闻家驷　译

（选自《外国现代派作品选》第一册，上海文艺出版社，1980年）

萝丝蒙德*

那位夫人已经走进大门，
我还在台阶前站了一阵，
摆着手向她飞吻。
在阿姆斯特丹，
我足足跟她走了两个时辰。

运河上可是不见半点帆影，
河岸静悄悄，没有人瞧见
究竟我的飞吻怎样飞向那个人，
为了她我在这一天
贡献了两个多小时的生命。

我管她叫萝丝蒙德，

---

* 萝丝（rose），法语：玫瑰花。蒙德（monde），法语：世界。

为的是日后可以常常回味，

在荷兰见过她的鲜花般的嘴唇。

接着我慢吞吞地走开，

到世界上去寻求我的玫瑰。

罗大冈 译

（选自《世界文学》1980 年第 6 期）

诗人只应该有一个模范，那就是自然；只应该有一个领导，那就是真理。他不应该用已经写过的东西来写作，而应该用他的灵魂和心灵。

——雨果

普列维尔（1900—1977）两首

二十世纪以来法国深受人民群众欢迎的大诗人。主要作品有《歌词集》《故事集》《戏剧集》《雨天和晴天》等。他的抒情诗，从普通人的日常生活出发，在嘲弄的语调下，洋溢着对生活和对劳动人民的挚爱。他用现代口语写诗，语言朴素流畅，同时又把现代艺术诸如电影和绘画的许多新的艺术手法引入诗歌，对法国现代诗歌语言成功地进行了革新，找到了一条克服现代诗与歌分家的途径。他的诗大都谱成了歌曲。

全都为了你

我曾去鸟市
　为了你
　亲爱的
买来了鸟儿
我又去花市
　为了你
　亲爱的

买来了花儿
我还去废品公司
为了你
亲爱的
买了根链条
沉重的镣铐
我再去奴隶市场
找寻你
你竟然无踪无影
亲亲呀亲亲

公园里

一千年一万年
也难以
诉说尽
这瞬间的永恒
你吻了我
我吻了你
在冬日朦胧的清晨
清晨在蒙苏利公园

公园在巴黎

巴黎是地上一座城

地球是天上一颗星

高行健　译

（选自《诗刊》1980 年第 2 期）

如果没有思想，没有构思，也就没有诗可言，那不过是些押韵的句子的机械的排列，这些句子既没有任何的意义，也不为任何人所需要。

——伊萨科夫斯基

意大利

夸西莫多（1901—1968）一首

意大利当代最优秀的三位抒情诗人之一，二十世纪诗歌领域里独树一帜的“隐逸派”诗人的重要代表。他的诗歌创作，十分重视艺术形象的提炼，喜欢采用象征主义的手法，借助自然景物的描绘，抒发人的瞬息间的感受。“由于他的抒情诗以高贵的热情表现了我们时代生活中的悲剧”，1959 年获诺贝尔文学奖奖金。

海 涛

多少个夜晚
我听到大海的轻涛细浪
拍打柔和的海滩，
抒出了一阵阵温情的
软声款语。

仿佛从消逝的岁月里
传来一个亲切的声音
掠过我的记忆的脑海

发出袅袅不断的
回音。

仿佛海鸥
悠长低回的啼声；
或许是
鸟儿向平原飞翔
迎接旖旎的春光
婉转的欢唱。

你
与我——
在那难忘的年月
伴随着海涛的悄声碎语
曾是何等亲密相爱。

啊，我多么希望
我的怀念的回音
像这茫茫黑夜里
大海的轻细浪
飘然来到你的身旁。

吕同六　译
（选自《诗刊》1980 年第 7 期）

西班牙

古·阿·贝克尔（1836—1870）两首

西班牙著名诗人。一生在贫穷与失意中度过。他的诗歌被认为是西班牙现代诗歌的起点，其中最著名的是《韵诗集》，记载诗人一次不幸的恋爱经过。此书在西班牙脍炙人口，几乎每一个人都可以背诵其中的几首。下面两首就是从《韵诗集》中选译的。

微 风

微风发出轻轻的呼唤
吻它淘气地搅碎的漪涟；
西天的云霞紫光灿烂
被落日吻得羞红了脸；
火焰毕剥地蹿过树干
为了痛吻另一朵火焰。
而杨柳，柔枝低低弯垂
去回吻那多情的河水。

叹出的是气

叹出的是气，归到大气里

眼泪是水，归到大海里

告诉我，女郎！你可知道

忘却的爱情归向哪里？

李文俊　译

（选自《春风》译丛1980年第1期）

费·加·洛尔伽（1898—1936）两首

西班牙诗人和剧作家。他的诗歌创作受到一些象征派艺术的影响，但同时，他又十分注意吸收西班牙民间诗歌的特色。作品形式新颖活泼，自由奔放。

两个姑娘

——给马希谟·吉哈诺

拉·洛娜

在橙子树下
她洗濯孩子穿的布衣裙。
她有绿色的眼睛，
她有紫罗兰色的声音。

　　嗳！亲爱的，
在开满了花的橙子树下！

池塘里的水
浮着太阳光荡漾，
在那个小橄榄林里，
有一只麻雀在歌唱。
嗳！亲爱的，
在开满了花的橙子树下！

拉·洛娜很快就用完
一块肥皂，
这时有三个年轻的斗牛士来到。

嗳！亲爱的，
在开满了花的橙子树下。

安巴罗

安巴罗哟，
你穿着白衣，
在屋子里多么孤寂！
（在素馨花和月下香之间，
你是一条平分线。）

你从院子里倾听，
那机灵食品商人的叫卖声
和那金丝鸟的婉转——
它是多么娇嫩！

你在下午凝望
那隐藏着鸟儿的柏树颤抖，
于是你在画布上
慢慢地把许多字样刺绣。

安巴罗哟，
你穿着白衣，
在屋子里多么孤寂！
安巴罗哟，
我多么难于向你开口，
说：我爱你！

低着头

思想在高飞，我低着头，
在慢慢地走，慢慢地走，

在时间的讲程上
我的生命向一个希望追求。
在一条灰色的路旁
　　我看到开满了花的小径：
　　有一朵蔷薇花
充满了光明，充满了生命，
　　也充满了酸辛。
　　女性啊，你是园中开着的花朵：
有如你处女的肌肤，那些蔷薇
说不尽的芬芳和娇柔，
但也充满了悒郁的乡愁。

叶君健　译

（选自《外国现代派作品选》第一册，上海文艺出版社，1980年）

奥地利

莱·马·里尔克（1875—1926）一首

奥地利作家，现代德语文学中最有影响的诗人之一。他的主要著作有《祈祷书》《图像集》《新诗》《杜伊诺哀歌》等。除诗歌外，还有小说和大量的书信。里尔克一生的创作实践，给诗歌开辟了新的领域。在这领域里他展示了音乐的美，又展示了造型的美。尤其是他晚年的作品，发挥了德语语言的功能，表达了一些难以表达的内容，因而扩大了诗歌创作的艺术表现的可能性，对现代诗歌的发展产生了有益的影响。

爱的歌曲

我怎么能制止我的灵魂，让它
不向你的灵魂接触？我怎能让它
越过你向着其他的事物？
啊，我多么愿意把它安放
在阴暗的任何一个遗忘处，
在一个生疏的寂静的地方，
那里不再波动，如果你的深心波动。

可是一切啊，凡是触动你的和我的，
好像拉琴弓把我们拉在一起，
从两根弦里发出“一个”声响。
我们被拉在什么样的乐器上？
什么样的琴手把我们握在手里？
啊，甜美的歌曲。

冯至　译

（选自《外国现代派作品选》第一册，上海文艺出版社，1980年）

匈牙利

裴多菲（1823—1849）十首

匈牙利伟大爱国诗人和革命家。以战斗诗篇号召人民起来推翻反动统治，为民族的独立和自由而战。1849年在反抗沙皇军队的战斗中牺牲。他写过相当数量真切动人的情诗，献给他的恋人。这些爱情诗非常优美，感情健康，并且渗透着强烈的政治内容。著名的有《小树颤抖着……》《自由与爱情》等。

谷子成熟了……

谷子成熟了，
天天都很热，
到了明天早晨，
我就去收割。
我的爱也成熟了。
很热的是我的心；
但愿你，亲爱的，
就是收割的人！

这个世界是那么大……

这个世界是那么大，
你却那么小，我的亲爱的；
可是，如果你属于我了，
就用世界来交换，我也不愿意！

你是太阳，我却是黑夜，
充满了无边的黑暗；
可是，如果我们的心融合了，
美丽的曙光就照耀在我上面！

不要望我，低下你的眼睛——
不然我的灵魂要烧毁了！
可是，你既然并不爱我，
那么就让这可怜的灵魂烧掉！

我愿意是树……

我愿意是树，如果你是树上的花；

我愿意是花，如果你是露水；
我愿意是露水，如果你是阳光……
这样我们就能够结合在一起。

而且，姑娘，如果你是天空，
我愿意变成天上的星星；
然而，姑娘，如果你是地狱，
（为了在一起）我愿意永坠地狱之中。

云正低低地压下……

云正低低地压下，
秋天的雨在树上飘洒，
树叶也落下来了，
夜莺却还在歌唱着。

时候是已经不早。
我的爱，你可曾睡着？
你可曾听见夜莺，
夜莺的痛苦的歌声？

急雨不断地下降，
夜莺却还在歌唱。
谁听到它的痛苦的歌声，
谁也就会对它同情。

姑娘哪，如果你还醒着，
这小鸟的歌声，你且听着；
这小鸟正是我的爱情，
是我的叹息着的灵魂！

你爱的是春天……

你爱的是春天，
我爱的是秋季。
秋季正和我相似，
春天却像是你。

你的红红的脸：
是春天的玫瑰，
我的疲倦的眼光：
秋天太阳的光辉。

假如我向前一步，
再跨一步向前，
那时，我就站到了
冬日的寒冷的门边。

可是，我假如退后一步，
你又跳一步向前，
哪，我们就一同住在
美丽的、热烈的夏天。

小树颤抖着……*

小树颤抖着，
当小鸟在上面飞。
我的心颤抖着，
当我想到了你。
我想到了你，

---

* 这首诗采用民歌体形式，用语也非常大众化，极为匈牙利人民所喜爱，并被译成了六十种外国语。

娇小的姑娘
你是最大的金刚石，
在全世界上！

多瑙河涨水了，
也许就要奔腾。
我的心也一样，
抑制不了热情。
你爱我吗，我的玫瑰[1]？
我真正爱你，
你爸爸妈妈的爱，
也不能和我的相比。

我知道你爱过我，
当我们在一起。
那时是火热的夏天，
现在是冰冷的冬季。
即使你已不爱我，
愿上帝祝福你，
但如果你还爱我，

① “我的玫瑰”在民歌中就是“我的亲爱的”。

愿他一千倍祝福你！

我愿意是急流……

我愿意是急流，
山里的小河，
在崎岖的路上、
岩石上经过……
只要我的爱人
是一条小鱼，
在我的浪花中
快乐地游来游去。

我愿意是荒林，
在河流的两岸，
对一阵阵的狂风，
勇敢地作战……
只要我的爱人
是一只小鸟，
在我的稠密的
树枝间做窠，鸣叫。

我愿意是废墟，
在峻峭的山岩上，
这静默的毁灭
并不使我懊丧……
只要我的爱人
是青青的常春藤，
沿着我荒凉的额，
亲密地攀缘上升。

我愿意是草屋，
在深深的山谷底，
草屋的顶上
饱受风雨的打击……
只要我的爱人
是可爱的火焰，
在我的炉子里，
愉快地缓缓闪现。

我愿意是云朵，
是灰色的破旗，
在广漠的空中，

懒懒地飘来荡去，
只要我的爱人
是珊瑚似的夕阳，
傍着我苍白的脸，
显出鲜艳的辉煌。

告 别

刚是黎明，又到了黄昏，
我刚来，却又要去了，
我们相逢了不久，
又该告别，又该分离了。
别了，我的美丽的、年轻的爱人，
我的心，我的爱情，我的灵魂，我的生命！

我从前是诗人，现在是战士，
我的手不拿琴了，却拿着剑，
向来有一颗金色的星引导我，
这时红色的北极光向我闪现。
别了，我的美丽的、年轻的爱人，
我的心，我的爱情，我的灵魂，我的生命！

并不是为了荣誉，我才离开你……
幸福的玫瑰早在我头上戴满，
已经没有戴桂冠的余地了，
也不愿为了桂冠，把玫瑰丢在一边。
别了，我的美丽的，年轻的爱人。
我的心，我的爱情，我的灵魂，我的生命！

并不是为了渴望着荣誉而离开你，
你知道：早已死去了，我这渴望，
如果需要，我只为我的祖国流血，
为了祖国，我才走上血战的沙场。
别了，我的美丽的、年轻的爱人，
我的心，我的爱情，我的灵魂，我的生命！

即使没有人去保卫祖国，
我一个人依然要去保卫她；
何况现在个个人都参加作战，
我一个人难道还能守着家？
别了，我的美丽的、年轻的爱人，
我的心，我的爱情，我的灵魂，我的生命！

我并不要求你：想念你的爱人，
虽然他为了祖国、为了你而作战；
可是我认识你，我很知道，
只有我，是你的唯一的思念。
别了，我的美丽的、年轻的爱人，
我的心，我的爱情，我的灵魂，我的生命！

我回来的时候，也许残废了，
可是那时你依然并不变心，
我要宣誓：我带回来忠实的爱情，
正和临走的时候一样地完整。
别了，我的美丽的、年轻的爱人，
我的心，我的爱情，我的灵魂，我的生命！

以上　孙用　译
（选自《裴多菲诗选》，作家出版社，1955 年）

自由与爱情

生命诚宝贵，
爱情价更高；
若为自由故，

二者皆可抛！

白莽　译

（选自《鲁迅全集》第四卷 375 页）

我的爱情在一百个形象中

我以一百个形象把你幻想，
我的爱情在一百个形象中。
你若是孤岛，我愿是帆船，
我热情地在你的四周航行。

亲爱的姑娘啊，我这样想：
假如你是一座神圣的教堂，
我的爱情就是一根常春藤，
沿着墙壁顽固地把你攀缠。

假如你是有钱的徒步旅人，
我愿做一个劫路的大山盗，
我向你跑过去。抢劫吗？
不！我向你献上我的心。

你若是喀尔巴阡山，我愿是流云，
我要引来霹雳击碎你的心。
你若是玫瑰花丛，我愿是夜莺，
我就在你四周扬起歌声。

爱情！我的爱情千变万化，
它的形象变得更加丰富多彩；
它不软弱，有时温柔、甜美……
有时像静静河流，又像大海。

兴万生　译
（选自《诗刊》1980 年第 6 期）

模仿和竞争

……模仿等于是承认自己不如对方，竞争心是向贤能挑战，或者是否认对方比我强。模仿使人成为奴才。竞争心使人慷慨大度。那一个束缚人，这一个使人活跃起来，那一个或者能带给人一些名气，这一个却给人以不朽的声名。……竞争心嘱咐我们远避模仿者的通病；嘱咐我们听见前人的大名时，不要像听见丧钟一样精神沮丧，却要像听见号角一样，唤醒我们向知名者挑战的热情。竞争心激励我们，不是让我们永远死学规则，好像一群新兵一样，在写作方面总是追随古人的领导，而是使这些戴有桂冠的老将们有可能将他们的光荣地位让给后人。

——杨格

波　兰

密茨凯维支（1798—1855）四首

波兰民族最优秀的诗人，民族解放运动的英勇战士。他的创作把波兰民族诗歌推到了一个新的高峰，并在世界文学中产生了一定的影响。主要作品有《青春颂》《歌谣与传奇》《格拉席娜》《康拉德·华伦洛德》《先人祭》《塔杜施先生》等。

林中的幽会

“这么晚了！你在哪里？”“乌云遮住月亮，
一片黑暗，我摸索着道路。好像你在我身旁！
等了很久吧，你闷啦？”“你这负心的人！
我一直在等待着你，心里又烦闷，又悲伤！”

“让我握住你的手，让我吻吻你的脚。
为什么你浑身发抖？”“我怕，风在呼啸，
黑夜，枭鸟喊叫……在这深深的树林里，

只有你同我隐藏着，难道这罪过还小？”

“瞧瞧我的眼睛，你怎能不相信它们？
真诚勇敢的人们决不害怕邪恶！
同着自己的爱人，这怎能算是罪过？

“我是这样地虔敬，我的话这样少，
我的尘世的天使，我这样地望着你，
好像上天给我送来了一位仙女。”

写在卡罗林娜·雅尼什的纪念册上

当一群一群的候鸟在空中哀鸣，
躲避着冬天的风雪，飞向远方，
不要谴责它们，朋友，沿着熟悉的道路
鸟儿们还要回来，到了春天的时光。
但是，倾听着它们的声音，请你记起我！
只要希望重新对我的命运放出光芒，
我就立刻驾着欢乐的翅膀离开那里，
迅速地飞向北国，回到你的身旁！

以上　孙用　译
（选自《译文》1955 年第 5 期）

犹疑

未见你时，我不悲伤，更不叹息，
见到你时，也不失掉我的理智，
但在长久的日月里不再见你，
我的心灵就像有什么丧失，
我在怀念的心绪中自问：
这是友谊呢，还是爱情？

当你从我的眼中消失的时候，
你的倩影并不映上我的心头，
然而我感到了不止一次，
它永远占据着我的记忆，
这时候，我又向自己提问：
这是友谊呢，还是爱情？

无限的烦扰笼罩我的心灵，
我却不愿对你将真情说明，
我毫无目的地到处行走，
但每次都出现在你的门口，
这时候，脑子里又回旋着疑问：

这是为什么？友谊，还是爱情？

为了使你幸福，我不吝惜一切，
为了你，我愿跨进万恶的地狱，
我的纯洁的心没有其他希望，
只为了你的幸福和安康，
啊，在这时候，我又自问：
这是友谊呢，还是爱情？

当你的纤手放在我的掌中，
一种甜美的感觉使我激动，
像在缥缈的梦中结束了一生，
别的袭击却又将我的心唤醒，
它大声地向着我发问：
这是友谊呢，还是爱情？

当我为你编写这一首歌曲，
预知的神灵没有封住我的嘴，
我自己也不明白：这多么稀奇，
哪儿来的灵感、思想和音节？
最后，我也写下了我的疑问：
什么使我激动？友谊，还是爱情？

致聂门河

那黄金时代的水流哪里去了?
我常常在河里玩水,我们很想滑过水面,
一直到寂寞的荒野,就在那里,
青春可以掩藏心头的怯弱和不安。
那里,洛拉解散了柔软的发辫,
惊奇而得意地向水中的影子凝视。
我的热烈的恋爱的眼泪却模糊了
她的映在这银色的水波中的影子。

聂门河啊,那水源哪里去了?
它很愿意给我这样的希望的梦和幸福。
哪里是我的前途无量的童年?
哪里是我的友人?我只徒然地关注!
哪里是我的曾在水中照影的洛拉?
一切都去了,我的眼泪又怎能留住?

以上 孙用 景行 译

(选自《密茨凯维支诗选》,人民文学出版社,1980 年)

追求美而不亵渎美

大的快乐来自对美的作品的瞻仰。

那些偶像穿戴和装饰得看起来很华丽，但是，可惜！它们是没有心的。

永远发明某种美的东西，是一个神圣的心灵的标志。

追求美而不亵渎美，这种爱是正当的。

身体的美，若不与聪明才智相结合，是某种动物的东西。

动物只要求为它所必需的东西，反之，人则要求超过这个。

不应该追求一切种类的快乐，应该只追求高尚的快乐。

——德谟克利特

罗马尼亚

米·爱明内斯库（1850—1889）两首

罗马尼亚杰出诗人。他的诗作大多描写人民的生活疾苦，揭露统治阶级的贪婪暴虐。长诗《皇帝与无产者》，描写了一个罗马尼亚工人的形象。他还写有许多抒情诗，赞美祖国的大地和美丽的大自然，歌颂纯洁而又真诚的爱情。

假 如

假如树枝儿敲打着窗户，
　　而白杨在迎风摇晃，
那只是让我回想起你，
　　让你悄悄地走近我的身旁。

假如繁星在湖水上闪映着光芒，
　　把湖底通通照亮，
那只是为了让我的痛苦平息，
　　让我的心胸变得开朗。

假如浓密的乌云消散，
　　月亮重新放射出清光，
那只是为了让我心中对你的思念
　　永远不会消亡。

你为什么还没有来临？

瞧，小燕子正在飞走，
核桃树的叶子正在凋零，
寒霜降落在葡萄园里——
而你为什么还没有来临，为什么还没有来临？

哦，重新投进我的怀抱吧，
让我怀着焦渴的深情凝视着你，
让我把头温柔地倚偎在
　　你的胸前，你的胸前！

你还记得那个时候吗，
当我们在山谷里和草地上漫步，
我托着你的胳臂把你举起，
那么多回，那么多回？

在这个世界上有很多女人，
眼睛明亮得像闪光的星星，
但是，不管她们多么美丽，
她们远不如你，远不如你。

因为你不断地
　　使得我的心灵的生活变得晴朗，
你比任何星星都更美丽，
我的心爱，我的心爱！

深秋已经来到，
树叶正在路上飘零，
田野里满目荒凉……
而你为什么还没有来临，为什么还没有来临？

戈宝权　译
（选自《译林》1979 年第 1 期）

杨·阿列柯山德鲁（1821—1890）一首

罗马尼亚诗人和剧作家。以搜集和研究民间创作著称。所作组诗《多依纳》等，带有民歌风味。

爱

爱，就是——
人世间最纯洁的和解。
关心它的人，请后退一步，
给神圣的玫瑰让出一条路。

爱，就是——
百合花盛开的芳香，
别让香魂消沉泥土，
请把它带到你要去的地方。

合工　译

（选自《诗刊》1979 年第 3 期）

南斯拉夫

弗·普列舍伦（1800—1849）一首

南斯拉夫诗人。诗作大多反映斯洛文尼亚人民反抗奥地利压迫，要求独立自由的愿望。代表作有《祝词》《萨维茨的洗礼》《十四行诗的花环》等。

命 令

我不敢去碰你那可爱的手，
因为你对我下过命令；
看吧，我美丽的姑娘，
我对你是多么顺从。

我不敢再向你说爱谈情，
因为你对我下过命令；
看吧，我美丽的姑娘，
我对你的命令多么忠诚。

我再也不敢向你求爱，

因为你对我下过命令；
看吧，我美丽的姑娘，
我是怎样压抑我的感情。

当我见到你，再不敢跟随你，
因为你对我下过命令；
看吧，我美丽的姑娘，
我对你的命令是这样服从。

最后你还曾命令我，
再也不许我想念你，
告诉你，我美丽的姑娘，
这是我不能做到的。

除非将我可怜的心换作邻人的，
除非等到我的心渐渐死亡——
否则你的命令仍是徒劳，
因为我不能不想念你的形象。

张奇　译

（选自《译文》1956 年第 10 期）

俄罗斯·苏联

普希金（1799—1837）十三首

俄国最伟大的诗人，近代俄国文学的开创者、现实主义的奠基人。他在各种文学体裁上为后人提供了优秀的范例。他的作品“像一部辞典”，创立了俄罗斯的文学语言。主要作品有诗歌《波尔塔瓦》《青铜骑士》《茨冈》《鲁斯兰·柳德米拉》《自由颂》《寄西伯利亚囚徒》，历史悲剧《鲍利斯·戈东诺夫》，小说《上尉的女儿》《杜勃洛夫斯基》《黑桃皇后》《别尔金小说集》，以及著名的诗体小说《叶甫盖尼·奥涅金》等。

致凯恩 *

我记得那美妙的一瞬：
在我的面前出现了你，

---

* 安娜·凯恩（1800—1879）是普希金的女朋友。普希金二十岁时，第一次在彼得堡奥兰宁的家里和她相见，那时她才十九岁，已经嫁给一位五十二岁的将军。诗中的第一句，即指这次初见而言。俄国著名作曲家格林卡曾把这首诗谱成歌曲，成为俄国最有名的一首情歌，流传至今。

有如昙花一现的幻影，
有如纯洁之美的精灵。

在绝望的忧愁的折磨中，
在喧闹的虚幻的困扰中，
我的耳边长久地响着你温柔的声音，
我还在睡梦中见到你可爱的面影。

许多年代过去了。狂暴的激情
驱散了往日的梦想，
于是我忘记了你温柔的声音，
还有你那天仙似的面影。

在穷乡僻壤，在囚禁的阴暗生活中，
我的岁月就那样静静地消逝，
没有神性，没有灵感，
没有眼泪，没有生命，也没有爱情。

如今灵魂已开始觉醒：
于是在我的面前又出现了你，
有如昙花一现的幻影，
有如纯洁之美的精灵。

我的心狂喜地跳跃，
为了它，一切又重新苏醒，
有了神性，有了灵感，
有了生命，有了眼泪，也有了爱情。

冬天的道路

穿过波浪似的云雾，
露出了一轮明净的月亮，
它凄凉地倾泻出清光，
照在那凄凉的林间空地上。

一辆快速的三套马车
飞驰在冬天的、寂寞的大路上，
那单调的铃声呀，
发出了令人疲困的音响。

在马车夫的悠长的歌声里，
可以听见某种亲切的声音在回荡：
一会儿是豪迈的快活的歌唱，

一会儿是倾吐出内心的悲伤……

既看不见灯火，也看不见黑暗的茅舍，
到处是一片白雪和荒凉……
我一路上迎面碰到的，
就只有那漆成条纹的标志里程的木桩
……

寂寞呀，忧愁呀……明天，尼娜，
明天我才能回到亲爱的身旁，
我要百看不厌地凝视着你，
在火炉旁边把一切都遗忘。

钟上的时针带着响声
走完了它匀称的一周，
午夜使厌烦的人们走开，
但怎样也不能使我们分手。

忧愁呀，尼娜：我的路程是那样寂寞，
我的马车夫也因为困倦沉默不响，
只有铃声还单调地在响着，
这时云雾也遮盖了月亮的清光。

我曾经爱过你

我曾经爱过你：爱情，也许
在我的心灵里还没有完全消亡；
但愿它不会再打扰你；
我也不想再使你难过悲伤。
我曾经默默无语地、毫无指望地爱过你，
我既忍受着羞怯，又忍受着嫉妒的折磨；
我曾经那样真诚、那样温柔地爱过你，
但愿上帝保佑你，另一个人也会像我爱你一样。

以上　戈宝权　译
（选自《苏联文学》1980 年第 1 期）

给娜塔莎 *

美丽的夏天谢了，谢了，

* 这首诗是仿得米特里耶夫的感伤歌体写成的。据普希金的同学普希钦在回忆录中说，诗中的娜塔莎，是指伏尔孔斯卡亚小姐的侍女娜塔莎。伏尔孔斯卡亚是宫廷女官，每年夏天携侍女随皇室至皇村避暑，入秋返京。当时普希金正热爱娜塔莎，故在夏去秋来时写成此诗。

明媚的日子飞逝，无踪，
夜晚的阴湿的浓雾
悄悄铺展了沉睡的暗影；
啊，绿色的田野空旷了，
嬉笑的小河变为寒冷，
树林的枝丫苍老，发白，
天空也暗淡而且凄清。

哦，我的光明，我的娜塔莎！
你在哪儿？为什么看不见你？
可是你不要知心的朋友
和你分享孤独的情趣？
无论在湖水的清波上，
还是在馥郁的菩提树荫，
无论早晨，无论晚间，
我都看不到你的倩影。

很快的，很快的，冬寒来了，
树林和田野就要冰冻；
很快的，在烟雾的茅屋里，
炉火就要熊熊地烧红。
那时候，我再也瞧不见你，

一如金雀守着小巢的家，
我将坐在屋里，郁郁的，
不断地想念着娜塔莎。

玫 瑰 *

我们的玫瑰花儿
哪里去了，我的友人？
啊，玫瑰早萎谢了
朝霞所发的红润。
不要说吧：青春
也就是这样凋落。
不要说吧：这就是
我们生命的欢乐！
请为我转告玫瑰：
别了，我怜惜你！
然后再给我指出
百合花的幽居。

* 本诗采用18世纪诗的语言，以玫瑰象征爱情，百合花象征坚贞。

为了遥远的祖国的海岸……

为了遥远的祖国的海岸
你离去了这异邦的土地；
在那悲哀难忘的一刻
我对着你，止不住哭泣。
我伸出了冰冷的手
枉然想要把你留住，
我恳求永远不要打断
这可怕的别离的哀哭。

然而你竟移去了嘴唇，
断然割舍了痛苦的一吻；
你要我去到另一个地方，
从这幽暗的流放里脱身。
你说过："在永远蔚蓝的
天空下，我等着相会的一刻，
在橄榄树荫下，在爱吻里，
亲爱的，让我们重新结合。"

唉，就在那里，那一个地方，
天空还闪着蔚蓝的光辉，

橄榄树的阴影正投在水上，
而你却永远静静地安睡。
你的姿色，你的苦痛
都已在墓瓮中化为乌有，
我期待的一吻也完了……
但我等着，他就随你之后……

窗

不久以前，当暮色苍茫，
当天空凄清的月亮
在朦胧的幽径上滑行，
我看见了一个姑娘
独自沉思地坐在窗前。
秘密的惊惧使她的胸脯
急促地起伏，她激动地
望着山岗下黑暗的小路。

“我在这儿！”有人低声叫。
于是这姑娘把窗户
悄悄地，颤巍地打开……

月亮躲进了夜的帷幕。
“幸运儿！”我惆怅地想，
“那等待你的只有欢快。
等哪一天，傍晚的时分，
也有人为我把窗子打开？”

给 她

艾丽温娜，亲爱的人儿，伸过手来吧，
我憔悴了，请斩断这沉重的生活的梦；
告诉我：我能否看见……是否长期的别离
　　命运就这样给我们注定？

难道我们再不能有一会儿彼此相见？
我的岁月永远为孤寂的幽暗所隐蔽？
难道不能有一个清晨看见我们
　　留恋在爱情的拥抱里？

艾丽温娜啊，为什么在深沉的夜晚
我不能把你欢快地拥抱在怀里，
为什么我郁郁多情的眼不能望着

亲爱的人，并且热情地战栗？

为什么我不能默默地，带着欢乐的激动，
听着你的甜蜜的低语和小小的呻吟，
并且靠近你，在幽暗里静静地安睡，
等待那醒来时的欢情？

你和您 *

她一句失言：以亲热的“你”
代替了虚假空洞的“您”，
于是，种种美妙的幻想
便浮上了钟情的心灵。
我站在她前面，郁郁地，
怎样也不能把目光移开；
我对她说：“您多么可爱！”
心里却想：“我多么爱你！”

* 这是写给艺术学院院长的女儿安娜·阿列克歇耶芙娜·奥列尼娜的。普希金很喜欢她，并且向她求过婚，但以后又自动撤销此议。据奥列尼娜自己说，她对普希金说话时错用了“你”字，第二个星期日诗人就拿来了这首诗。

“我的名字”*

我的名字对你算得了什么?
它将死去，像是溅在遥远的岸上
那海浪的沉郁的声音，
像是午夜的森林的幽响。

在那留作纪念的枯叶上
它会留下无言的痕迹，
就仿佛墓碑上的一些花纹，
记载着人所不懂的言语。

它说些什么? 早就遗忘了
在新鲜的烦扰和激动里，
对你的心灵，它不能提示
一种纯洁的、柔情的回忆。

然而，等有一天，如果你悒郁
而孤独，请念着我的姓名;

* 这首诗是写给K.A.索班斯卡娅的。普希金曾钟情于她。

请说一声：在这个世界上

我还活在你的记忆和心中……

以上　查良铮　译

（选自《普希金抒情诗集》，新文艺出版社，1957 年）

给一位画家 *

啊，美神和灵感之子，

请趁着青春心灵的激动，

以你美妙而潇洒的画笔

描绘出我心上的友人①：

描绘出那妩媚的纯真，

和希望的姣好的姿容，

还有圣洁的喜悦的微笑

和美之精灵的眼睛。

环绕希比② 的颀长的身腰

---

* 本诗是写给诗人同学伊里切夫斯基的，他在皇村中学号称画家。

① 指 E.Ц. 巴库尼娜。普希金和伊里切夫斯基都倾慕她。

② 希比，主宰青春的女神。此处比作“友人”。

请系住维纳斯的腰带，
请将阿尔般[①]的珍贵宝物
给我的公主周身佩戴。

请以薄纱的透明波浪
遮上她那颤动的胸脯，
好让她暗暗地叹息，
她不愿意将心事透露。

啊，请绘出羞怯的爱情的
幻梦；然后，充满相思，
我将以幸福的恋人之手
在下面写出她的名字。

答 Φ.T.*

不，她不是车尔吉斯姑娘；
然而，很久没有这样的少女

---

① 阿尔般，罗马北方已熄灭的火山。

* Φ.T. 为谁，不详。诗中所提到的少女 C.Φ. 普希金娜，莫斯科社交界的美女。普希金曾向她求婚，但被拒绝。

从加兹别克的苍郁的高山
来到格鲁吉亚的深谷里。

不，她的眸子不是玛瑙；
然而，所有东方的宝藏
也不抵她那南国的眼睛
所闪烁的甜蜜的光芒。

她的眼睛 *

她很可爱，姑且这么说，
她是宫廷的骑士的灾星，
赛过了南方的星群，
啊，更赛过南方的诗歌，
是她的车尔吉斯的眼睛。
就让她大胆地去炫耀吧，
它们闪着灵活的火焰；
然而得承认：我的奥列尼娜
她的眼睛可不是这般！

---

* 本诗为答维亚谢姆斯基的《黑眼睛》一诗而作。在那首诗中，维亚谢姆斯基歌颂了A.O.罗西特的眼睛之类。普希金歌颂的则是女友安娜·奥列尼娜。

那里有多么深思的性灵，
有多少稚气的单纯，
有多少缠绵的语言，
多少柔情和多少幻梦！……
它们含着列尔[①]的微笑低垂，
正是谦卑的格拉茜的绝技；
抬起来呢——拉斐尔的天使
也正是这样仰望着上帝。

以上　查良铮　译
（选自《普希金抒情诗二集》，新文艺出版社，1957年）

① 爱与婚姻之神。

莱蒙托夫（1814—1841）十一首

俄国杰出诗人。出身贵族。学生时代开始文学活动。短短一生写了四百多首短诗和《恶魔》等长诗，还创作了著名的中篇小说《当代英雄》和剧本《假面舞会》。他和果戈理一起，继承了普希金的传统，为十九世纪中叶俄国批判现实主义文学的繁荣奠定了坚实的基础。

短 歌

海岸上坐着个美丽的女郎；
抚爱着好人儿对他这样讲：

“跳下去，给我捞起那项链；
今天它掉进了大海的深渊！

这样你才证实对我的爱情！”

青年的胸膛里热血已沸腾，

他心中满怀着窘迫的烦乱，
猛然间跳入了碧色的深渊。

大海里浮起了滚滚的泡沫，
汹涌的大浪头腾起又退落，

高高的大浪头拍打着海岸，
亲爱的好人儿已到了海边。

平安地上来了，手攀着石岩，
手里头是项链，但脸色惨淡。

他不敢相信那疲累的两腿，
鬈发上带着水顺两肩分披……

“你说我是不是真心地爱你，
为明珠我不惜把性命抛弃，

“刚才我跳下了深深的海中，
那项链掉进了珊瑚的窟洞。

“给你吧！”凄然地把两眼转向
比生命宝贵的美人儿身上。

回答是：“亲爱的，我的好人啊，
再采点珊瑚来才真是爱我。”

小伙子满怀着痛苦和绝望，
跳下海去寻觅珊瑚或死亡。

大海里浮起了滚滚的泡沫，
汹涌的大浪头腾起又退落，

高高的大浪头拍打着海岸，
但没有把情人送到了海边。

给 Л.*

（仿拜伦）

一

在别人的脚前我也忘不了
　　你那双美好的眼睛；
虽爱着别人，但使我苦恼的
　　还只是往日的爱情；
记忆，那个恶魔似的主宰者
　　不让我把往事遗忘；
而我只是念诵着这一句话：
　　我爱、我爱一个女郎！

二

而今你早已属于另一个人，
　　你已经把诗人忘怀；
从那时起幻想便诱惑着我
　　远离开祖国的境界；

---

* 此诗可能是写给诗人的女友 B.A. 洛普辛娜的。

帆船儿载着我离开了家乡
　　奔向不可知的地方，
而海上的波涛也反复地说：
　　我爱、我爱一个女郎！

三

那喧嚣的人世决不会知道：
　　谁在被深情地爱着，
我在怎样地痛苦着，而记忆
　　折磨了我多少年月；
我无论在什么地方寻求着
　　我往昔的平静、安详，
我的心总是在对我低声说：
　　我爱、我爱一个女郎！

给 Д.

同我在一起吧，还像往常那样；
　　啊，跟我说话呀，即使一句，
好让我的心在这句话里寻找

它老早就想听到的东西；

假如希望的火花依然深藏在
我的心里——它会重新迸发；
假如痛苦的泪珠而今还噙在
我的眼里——它会凄然落下。

有好些话——我不能够把它说清，
它们为什么有权制服我；
听到这些话我可以得到再生，
但是却不能使别人复活；

啊，相信我吧，冰冷无情的语言
会玷污了你那美好的嘴，
正如蛇的有毒的舌尖会刺伤
柔嫩的花刚舒开的花蕊！

情 歌

一

现在你就要走上战场，
但请你听听我的歌唱，
　　　要时时想着我。
假如是朋友欺骗了你，
你的心懒于生活下去，
而你的灵魂将要凋敝，
　　　在遥远的异国
　　　要时时想着我。

二

谁要给你向坟墓指点，
而坐在夜半的灯火前
　　对着你讲起个
被人轻蔑、又被人遗忘
但却十分迷人的姑娘，
那个时候啊，我的情郎，
　　　在遥远的异国

要时时想着我。

三

往昔的时日会去寻访，
在那阴郁沉重的梦乡
会去把你折磨；
你会听到别离的悲啼，
爱的歌声、痛苦的哀泣，
或是同这相似的声息……
虽然在梦中啊，
也要想起了我！

每当我听到了你的……

每当我听到了你的
清脆的美妙的话声，
就好像笼中的小鸟，
我的心便怦怦跳动；

每当我看到了你的

天蓝的深邃的两眼，
我的心便跳出胸膛
迎上去恳求你哀怜；

不知道该怎样高兴，
我想要尽情地痛哭，
我想要一直扑过去
把你来紧紧地搂住。

九月二十八日

我又、又看见了你那可爱的目光，
我同你又谈了几句，
而你的声音又使我突然想起了
　　被坟墓带走的过去；
凭什么？——另一个人吻着这对眼睛，
　　把你的手握在手里；
你凭什么在夜的黑暗中对他人
　　低声说：我爱你！爱你！

请坦率告诉我：你那些亲吻当真

　　不是出于虚情假意？
它们所遵从的只是夫妇的义务，
　　但不是爱情的权利；
他不是为你而创造的；你的诞生
　　是为了炽烈的热情。
你竟然把自己交给了他，也不曾
　　问一问自己的良心。

当你在他面前时他是不是感到
　　内心的悸动与不安；
他会不会一心想着你而蔑视那
　　为人所蔑视的尘寰；
他是否带着沉默与眼泪接待着
　　你冷漠无情的对答，
而为了与你共度那悠忽的一刻
　　牺牲掉最好的年华？

不！谁若是在你的身上仅仅看到
　　外表上美好的风度，
我相信，那他就绝对不可能给你
　　创造出美满的幸福。
是的！你并不爱他……一种神秘之力

又把你同那悲戚的、
虽与幸福无缘、但却像爱情似的
柔美的心系在一起。

给*

一

别了！——我们将永远地再不能相会，
我们的手将永远地再不能一握；
别了！——你的心是可以得到自由了……
但它在别人那里也找不到幸福。
我知道：你的心一定又不自禁地
带着痛苦的突发的激情而跳动，
当你一旦听到了这么早就已经
离开了人世间的那个人的姓名！

---

* 此诗可能是写给 Н.Ф. 伊万诺娃的。

二

有一些声音——在高傲的人们看来，
　　它们毫无意义，简直是不值一提——
但是我却决不可能把它们忘掉：
　　好像生命，它们同心灵融成一体；
像埋在坟墓中一样，过去的一切
　　被埋在这些神圣的声音的底层；
而人世上理解它们的只有两人，
　　也只有两人将因为它们而震惊！

三

我们俩相处的时间虽只是一瞬，
　　但永恒跟它比起来不过等于零；
我们突然间尝遍了千万种情感，
　　我们俩为同一个吻烧成了灰烬；
别了！——不必如痴似狂地再去惋惜，
　　不必再去惋惜我们短暂的爱情：
对我们来说别离固然是苦痛的，
　　但是再度相会恐怕要更为苦痛！

给*

命运偶然把我们俩撮合在一起，
我们是你身上有我、我身上有你，
我的心、你的心结成亲密的朋友，
虽然它们不可能一路相偕到底！

正如同春天的河水中映照出了
高高天空的遥远的蓝色的穹隆，
它在平静的碧波上闪闪辉耀着，
但遇到汹涌的浪涛便不断颤动。

愿你，我愿你啊，就成为我的天空，
愿你成为我可怕的风暴的伴侣；
那么，让风暴在我们中间轰鸣吧，
我生来，离开了它们就活不下去。

我生来，就是为了要整个的世界
来做我的胜利或者死亡的见证，

* 这首诗可能是写给诗人的女友B.A.洛普辛娜的。

但同你在一起，我的指路明星啊，
何需人们的赞扬或倨傲的笑声！

他们的心是决不可能理解诗人，
他们的心也决不会爱诗人的心，
也不会了解他所经尝过的悲哀，
也不会去同他共享一切的欢欣。

无 题

我们已经分离了；但你的肖像
我还深深地保存在我的心中：
如同最好年华的淡淡的幻影，
它在愉悦着我的悲伤的心灵。

我又把自己交给了新的热情，
想要不再爱它了，但我却不能：
正如同破落的殿堂——依然是庙，
一座被掀倒的圣像——依然是神！

她一歌唱——歌声消融了……

她一歌唱——歌声消融了，
好像是甜蜜的芳唇上的吻，
她一顾盼——天空辉耀在
她那神奇而美妙的秋波中；
她一移步——全身的动作、
她一开言——整个的面容
都这样充满了动人的娇憨，
都这样充满了奇异的表情。

以上　余振　译
（选自《莱蒙托夫诗选》，上海译文出版社，1980年）

斯坦司

我爱凝望我的姑娘，
当她羞涩得红了脸，
犹如那绯红的晚霞
在狂风和暴雨之前。

我爱听那月夜林中

她嘴里的一声长叹，
好像金弦琴的轻音
正在和那冷风絮谈。

但更使我心醉的是
她那祷告时的泪珠，
似纯朴的司智天使
凝望着救苦人痛哭。

顾蕴璞　译
（选自《苏联文学》1980 年第 2 期）

激情和表情就是美。一张不带激情、不善表情的脸就是缺陷；任它涂脂抹粉，你吹我捧，只有傻瓜才会爱慕。

——布莱克

丘特切夫（1803—1873）一首

俄罗斯诗人。以风景抒情诗和爱情诗著称。他对俄罗斯诗歌的发展影响颇大。列夫·托尔斯泰把他称为自己“最喜爱的诗人”，说他不读丘特切夫的诗就“无法生活”。

无 题

在闷热的空气里一片沉默，
预示着大雷雨的倾泻，
那比玫瑰的馥郁还要浓烈，
那比顽童的声音还要尖细……

听！那白烟状的乌云后面
雷声正轰鸣着滚过；
看那疾驰的闪电
像腰带把天空围捆起来……

在炎热的空气里，

生命之所需已全来到，
仿佛是神水
在血管里激动、燃烧！

姑娘啊姑娘，是什么
使你不安，惆怅？
你那湿润的眼睛
为什么痛苦，悲伤？

你那少女面颊的火焰
为什么暗淡，不再闪耀？
你为什么心潮起伏，
红唇又何故燃烧？……

你透过绢丝般的睫毛
涌出了晶莹的眼泪……
莫非，这是雷雨交加之前
先行滴下的雨水？……

王守仁　译
（选自《诗刊》1980年第2期）

谢甫琴科（1814—1861）一首

乌克兰杰出的革命民主主义诗人。农奴出身。所作长诗《海达马克》，描写1768年乌克兰农民起义；《梦》《高加索》《遗嘱》等，抨击沙皇专制制度。还写有长诗《公爵女儿》《流刑犯》《沙皇》《新门徒》，中篇小说《艺术家》《音乐家》等。

歌

（“黑色的眉毛对我有什么用场”）

黑色的眉毛，褐色的眼睛，
它们对我有什么用场？
还有少女的青春，——
再没有比它更短的寿命！
我的美好年华
白白地消逝，
我浓黑的眉毛
也被轻风吹得褪了颜色。
我的心儿憔悴，我的心儿枯萎，

就像失去了自由的小鸟一样……
没有幸福的命运，
我的美丽对我有什么用场？
我像个无家可归的孤儿，
痛苦地活在世上；
亲人都像是外人，
找不到一个人可以倾诉衷肠；
谁也不来问我一声，
眼睛为什么流泪忧伤；
一个少女能向谁诉说，
她心里在想着什么，
为什么心儿日日夜夜在咕咕地哀鸣，
就像只垂死的白鸽一样；
谁也不会知道，
谁也没有听见。
人们也没有问起，
他们知道了又有什么用场？
让岁月白白地流逝，
让孤儿尽情地哭泣悲伤……
当太阳还照耀着的时候，
哭吧，心啊；哭吧，眼睛啊，
高声地、伤心地痛哭吧！

让轻风听见我的哭声，
让它把我的眼泪
带到蔚蓝的大海那一方，
让我那个漂亮的、不忠实的爱人，
遭到严酷的灾殃！

戈宝权 译
（选自《俄苏文学》1980 年第 2 期）

最好的诗篇、音乐、演说或者朗诵的流畅与文采，不是独立的，而是有所依附的。一切美来自美的血液和美的头脑……

——惠特曼

涅克拉索夫（1821—1877）两首

第一个以俄罗斯下层人民的痛苦命运为创作主题，从而使诗歌接近人民而深受人民爱戴的俄罗斯诗人。生于农奴主家庭。先后主编《现代人》《祖国纪事》杂志。代表作长诗《谁在俄罗斯能过好日子》，揭露沙皇统治下的黑暗的社会现实，表达了对农民的深刻同情，歌颂了站在农民方面的革命家。诗的风格受民间文学影响很大。

我和你头脑冷静不够……

我和你头脑冷静不够，
刹那间怒火高烧，
用些缺乏理智的刻薄话语
来减轻心灵的怒潮。

你生了气，你就说吧：
什么事激动和折磨你，

我的朋友，让我们气在明处；
世界要是轻松，我们对它就会厌弃。

散文难免出现在爱情里，
我们从它那儿也会得到一份幸福的厚礼：
经过争吵后的谅解和爱情
是这样的温柔，这样的充实……

致津娜*

已是两百个白天，
两百个夜晚，
我受着痛苦的熬煎；
日日夜夜
我的呻吟
痛在你的心间，
冬日阴沉，
冬夜明媚……
津娜！睡吧！
津娜！阖上你那疲倦的眼睛！

陈守成　译

---

* 此诗为涅克拉索夫病中所写。津娜是他对妻子费克拉·奥尼莫夫娜·维克托罗瓦的称呼。

勃洛克（1880—1921）三首

二十世纪初俄国的著名诗人。出身于贵族家庭。由象征主义诗人转变成为革命歌手。主要作品有诗剧三部曲（《卖艺人》《广场上的皇帝》《陌生女郎》），长诗《报复》《十二个》。勃洛克对俄国现代诗歌曾产生了巨大的影响。

晨雾蒙蒙起床来……

晨雾蒙蒙起床来，
阳光扑面入我怀，
台阶脚步轻轻响，
可是姑娘找我来？

重重大门都敞开！
窗口风儿阵阵来！
欢乐歌儿久不闻，
今日怎不润心怀！

歌声晨雾共徘徊，
和风丽日迎面来，
歌声伴着脚步响，
心上姑娘走过来！

胡赋　野里　译
（选自《苏联文学》1980 年第 4 期）

白昼的风平息了……

白昼的风平息了，
时近灰色的傍晚，
乌鸦在松树上叫了，
拨响梦一般的琴弦。

在昏沉而又暗淡的异地，
你怎样把我思念？
为了我倾心的爱情，
你可曾在梦中忧烦？

纵然你情意短暂——
你青春时代的骄傲，

我柔情脉脉的忠贞，
也对你永远不变。

幽魂缥缈飞过身边，
请你莫挥手驱遣，
假如你，我的心爱，
正把别个姑娘眷恋……

听天由命吧！黄昏近了，
燕子低飞掠过地面，
雷雨来了，
黑夜正注视你的双眼。

谷羽　译
（选自《俄苏文学》1980年第5期）

可爱的朋友……

可爱的朋友，你那青春的心
　　那么纯洁！
该入睡了！我的心与你同在，
　　美丽仙子！

当你醒来，将是一个严寒的夜晚，

风雪交加。

那时你跟可信赖的人心心相印，

不会孤单。

任寒冬撒野，任狂风怒吼吧——

我俩相偎相亲！

我温暖着你避过冬天的风暴

以整个的心！

陈黎华　译

……理会个别，描写个别是艺术的真正生命。并且，倘若你仅仅满足于描写一般，人人都能模仿你；但是描写特殊事物，便无人能够模仿你——为什么呢？因为没有人会完全和你一样经验到同一的事物。

——歌德

叶赛宁（1895—1925）五首

俄罗斯著名抒情诗人。生于农民家庭。早期诗作洋溢着大自然的浓郁气息。十月革命时曾向往革命，在部分诗中试图反映新的革命生活。他的优秀抒情诗，一般都有起伏的情节，内容真切丰富，具有民歌特点，后来许多都被谱成了歌曲。

我记得

我记得，亲爱的，记得
你那柔发的闪光；
命运使我离开了你，
我的心沉重而悲伤。

我记得那些秋夜，
白桦树影在摇晃；
愿白昼变得短暂，
愿月光照得时间更长。

我记得你对我说过：
“美好的年华就要变成以往，
你会忘记我，亲爱的，
和别的女友成对成双。”

今天菩提树又开花了，
引起我心中无限惆怅；
那时我是何等的温柔，
把花瓣撒落到你的卷发上。

啊，爱恋别人心中愁烦，
我的心不会变凉，
它会从别人身上想起你，
像读本心爱的小说那样欢畅。

一去不再来

我不能使那清凉的夜再回来，
我不能看见自己女友那苗条的身材，
我不能听见那支欢乐的歌，
夜莺在花园里唱，动人心怀。

那春天的夜晚已经飞逝，
你不能说："等等，再回来。"
萧杀的秋天降临了，
绵绵的雨洒尽无限悲哀。

我的女友正在坟墓中沉睡，
爱情在她的心灵深处掩埋，
秋天的风雨不会惊醒她的梦，
也不会温暖她的血液，还原她的姿态。

那支夜莺的歌终于沉默了，
因为夜莺已飞向海外，
它已不会唱出更动听的歌了，
就像在那清凉的夜里婉转低回。

往日的亲密与欢乐已飞得远远，
那时日子过得多么畅快，
心中的感情变冷了，
啊，过去了的——永不再来！

以上　刘湛秋　茹香雪　译
（选自《春风》文艺丛刊 1979 年第 3 期）

波斯抒情（选三首）

之一

莎嘉奈[1]啊，莎嘉奈，我的姑娘！
也许是因为我来自北方，
我想要谈谈那田野的宽广，
谈谈那月光下起伏的麦浪。
莎嘉奈啊，莎嘉奈，我的姑娘！

也许是因为我来自北方，
那里连月光也百倍明亮。
设拉子[2]这地方不管有多美啊，
美不过梁赞的沃野茫茫。
也许是因为我来自北方。

我想要谈谈那田野的宽广。
黑麦田哺育我卷发长长。

① 诗人虚构的波斯情侣。
② 波斯城市名。

你可以随意把它绕在你指上——
我也绝不会感到痛伤。
我想要谈谈那田野的宽广。
谈谈那月光下起伏的麦浪。
瞧我的卷发——正像它一样。
欢谑吧，微笑吧，亲爱的姑娘。
可是你千万别引我回想——
回想那月光下起伏的麦浪。

莎嘉奈啊，莎嘉奈，我的姑娘！
还有个少女啊，远在北方。
那人儿和你是如此相像，
她也许正凝神将我遥想……
莎嘉奈啊，莎嘉奈，我的姑娘！
丁鲁　译

之二

我从未到过博斯普鲁斯海峡，
你不必向我打听那块地方。
我在你眼波中看到了海浪，
闪闪地燃烧着蓝色的火光。

我从未随商队到巴格达盘桓，
或运去丝绸和化装的染料。
我请你弯下你美妙的腰身，
让我靠着你膝盖来歇脚。

也许无论我怎样求你听听，
你对此仍旧会毫不动心：
在俄罗斯——在那个遥远的国度，
我是个出名的、公认的诗人。

手风琴的乐音响在我心头，
月夜的犬吠声传入我耳鼓。
波斯姑娘啊，难道你不愿
见识远方那苍翠的国土？

不是为愁闷，我来到这地方——
是你在召唤啊，不露踪迹的姑娘。
你柔嫩的双手将我来拥抱，
就像是一对天鹅的翅膀。

我早就追寻着平静的生涯，

我不愿回忆过去，连骂也不愿骂它。
请给我讲一些有趣的事儿吧，
讲一讲你们这快乐的国家。

驱散我心头那忧郁的琴音，
用清醇的呼吸陶醉我灵魂，
让我别怀念那北国的少女，
别为她叹息啊，别为她伤神。

虽然我没到过博斯普鲁斯海峡，
我能为你想象和描述那地方，
因为你的眼波正如海浪，
闪闪地摇曳着蓝色的火光。

丁鲁　译

之三

“为什么月光如此暗淡，
当它照临霍拉桑的花园，屋墙？
仿佛我漫步在俄罗斯的原野，
头上盖着簌簌响的雾的帷帐。”

我曾这样地，亲爱的拉拉，
向夜间沉默的柏树提出问题，
然而棵棵柏树都不发一语，
把头颅向天空高傲地昂起。

“为什么月光如此充满忧伤？”
我在幽林里向花儿提出问题，
花儿回答道：“从玫瑰的悲哀，
你就可以探知这件事的底细。”

玫瑰的花瓣纷纷飘落地上。
玫瑰用花瓣向我悄声絮语：
“你的莎嘉奈已把温存献给别人，
莎嘉奈已吻了另一个情侣。”

她说：“这个俄国人看不见……
心儿需要歌，歌却需要生命和躯体……”
因此月亮才照得暗淡无光，
因此月光才如此苍白无力。

变心的事儿我见过不知多少，
眼泪、痛苦有人期待，有人不屑。

……

但大地上那淡紫色的夜晚

仍旧永远是无比的美好。

顾蕴璞　译

（选自《苏联文艺》1980 年第 3 期）

诗的思想常常不是直截了当地表现出来的，常常不是以诗人直接表示的方法，而是以间接的方法表示出来的。它是独立出现的，它仿佛跟作者意志无关，而是从作者在自己作品里所采用的生活材料中自然而然、合情合理地产生的。

——伊萨科夫斯基

阿赫玛托娃（1889—1966）四首

俄罗斯女诗人，脱胎于象征派的阿克梅派代表人物之一。她的诗以短小精致的形式袒露复杂的内心矛盾，被认为是“室内抒情诗”的典型。著有《黄昏集》《念珠集》《白云集》《车前草集》《没有主人公的叙事诗》等。1946 年，她受到严厉批判。二十世纪五十年代后期，恢复名誉。她先后出版了多种诗集，评论界称赞她具有“伟大才赋”，是“二十世纪俄罗斯诗坛屈指可数的诗人之一”。不少年轻诗人，特别是女诗人，纷纷仿效她的诗风。与此同时，她在西欧也受到了赞赏，牛津大学赠予她名誉博士学位。她一生除写诗外，还研究普希金的创作，并从事诗歌翻译，曾译过我国屈原的《离骚》和李商隐的无题诗。

受宠的女人尽可提出万千的要求……*

受宠的女人尽可提出万千的要求！
被遗弃的女人还有什么要求可提。
使我稍感欣慰的是如今奔腾的水流

* 本篇和以下三篇原为无题诗，现在的篇名为本书编者所加。

已结上无色的薄冰，不再喧闹喘息。

我此刻正在——耶稣保佑！——
这晶莹易碎的薄冰上彳亍来回。
但求你把我的书简保留，
好让后裔评定我和你谁是谁非。

你是多么睿智，倜傥，出众，
为了让后裔更清晰地了解你的身世际遇，
难道在你一生显赫的经历中，
可以留下空白，任其悄悄逝去？

啊，尘世的美酒过于甘醇，
爱情的罗网又叫人插翅难飞……
但愿有朝一日，孩子们
能看到我的名字记载在课本里。

那时他们就可知道我身世的凄苦飘零，
一定会调皮地露出微笑同情我的遭遇。
你既然没有给我爱情和宁静，
那就请你赐予我充满痛苦的荣誉。

戴骢　译

你叫我百看不厌，可是又那么神秘……

你叫我百看不厌，可是又那么神秘，
我日复一日更加听从你。
可是你的爱情，严峻的爱人啊，
犹如烈火和镣铐，使人备受煎熬。

你不准我唱又不准我笑，
祈祷早被列为禁条。
但只要我们俩永不分离，
一切可以不必计较！

苍天大地跟我有什么关系，
我活着但是不再歌唱嬉戏，
你既像在地狱又像在天堂
把我自由自在的心意剥夺光。

浮冰哗哗地在河中流淌……

浮冰哗哗地在河中流淌，
天空永远灰白苍茫。
唉，我并不知道自己有什么过失，
可是你为什么要惩罚我，把我扔在一旁。

假如需要——就将我处死，
但别再对我冷酷无情，
你不愿跟我生儿育女，
又不喜爱我写的诗行。

一切都照你的办：行！
我对自己的誓言无比忠诚，
把一生奉献给你，
而将满腔忧愁随身带入坟墓埋葬。

总算与你离异……

总算与你离异，
将厌弃的爱情之火熄灭。

该是您学会真诚地爱别人的时候了，
我的永世不忘的仇敌。

我倒是自由了。一切对我无非是一场嬉
　戏，——
夜晚缪斯[1]降临会给我带来慰藉，
而翌晨光荣使者会姗姗而来，
环佩的叮当声将在耳际萦回。

无须再为我祈求上帝的宽恕，
郁闷的风吹去又复返……
频频回头将我抚慰，
金黄的落叶在欢舞飞翻。

我把离异视为礼物，
把忘却一切当作上帝的恩惠，
但是，你告诉我，你敢否
送别人去备尝钉十字架的苦难。

以上　张劲　译
（选自《外国文艺》1979 年第 2 期）

① 希腊神话中司文艺美术科学的九个女神之一。

施企巴乔夫（1899—？）三首

苏联诗人。生于一个贫农家里。1948年获斯大林文学奖金；1950年因发表长诗《巴甫里克·莫洛佐夫》，再次获得斯大林文学奖金。

爱情要懂得珍惜……

爱情要懂得珍惜，
随着岁月加倍地珍惜。
爱情不是在长板凳上叹息，
也不是在明月之下闲散。

什么都会有的啊：有泥泞，也有风雪。
因为要一辈子共同生活。
爱情正像一首优美的歌儿，
但这首歌却不容易谱曲。

你不要学女伴的样，不要……

你不要学女伴的样，不要。
你并不比别人坏，不比别人粗野。
那留有口红的烟蒂
只会引起人家对你嫌恶。

倒不如嘴上衔一支
给露水沾湿了的苦味的丁香，
春天里让心爱人的嘴唇
带走这苦涩的清香。

你用剃刀轻刮嘴上的髭须……

你用剃刀轻刮嘴上的髭须，
你梦见姑娘的次数愈来愈多。

姑娘有很多。可是只有一个——
谁的未婚妻，都没有她那样富有。

也许，你得走遍半个世界，

才能把这个姑娘找到。

她的富有不是箱子里的财宝——
而是掌握在她手里的你的幸福。

梦海　译

（选自《解放日报》1956 年 10 月 21 日）

诗人在他们的作品里都运用了最深刻的思想，这种思想就好比果壳里隐藏着的果肉，而他们所用的美妙的语言就好比果皮和树叶……

——薄伽丘

苏尔科夫（1899—？）两首

苏联诗人。有诗集《领唱人唱的词首》《同龄人》《诗选》《给世界以和平！》等十六种。

少女的悲歌

清晨朝霞未红，河水还留着残冰，
我给可爱的人儿收拾行装出征。
在赠给他的荷包上绣了一颗红星，
它预祝平安，不是预兆不幸。

我在荷包上给勇敢的人儿
用红丝线绣上了铁锤和镰刀。
他要和白匪战斗在遥远的边疆，
给我留下了忧愁，我的人儿走了。

夏天的农忙好像轰隆的雷声，
冬天，牧人赶来了畜群。

只是我从亲爱的人儿那里
得不到一点回答和安慰。

在寒冷的深冬的夜晚，
院落里发出轧轧的开门声。
邻居从察里津给我带来
那个染满鲜血的绣花荷包。

我的痛苦，我谁也不愿告诉，
今天深夜我要到田野里去，
我要呼唤我的爱人，我要痛哭，
让眼泪和初雪融在一处。

我的辛酸眼泪落下的地方
春天将会开出三色的堇花。
我要用歌声唤出林中的夜莺，
把悲哀的花朵儿轻轻摘下：

“带去，把花朵带去吧，夜莺！
飞吧，飞向遥远的东方！
把小小的花朵放在他的坟上，
把我这少女的苦痛告诉他。”

三个求婚的人

（采用霍尔伐特民歌主题）

清晨，骑马来的是第一个求婚的人，
他胸前绣着金，颈下挂着银。
马嘴滴下白色的唾沫，他说：
“我是一个州长，嫁给我！
我把珍贵的衣裳穿上你的身，
把你那孤儿的命运镀上金。”
我赶快从窗口离开，
我不能给这个老头子开门。
我，这个年轻的姑娘对他说：
“我决不愿意走进黄金的监牢……”

六月的中午炎热得如同火烧，
第二个求婚的人扬着尘土从大路上来了。
黑色的僧衣穿在他的身上，
宝石的十字架在他胸前闪着火光：
“听着，美人，请到我的禅房，
你将作为上帝的新娘走进天堂……”

我紧闭了大门，上了门闩，
为了赶走这个僧人，我叫来家犬。
“修道僧，请你去选更高贵的人！
发着香火气的天堂使我恶心。”

天空早已闪耀着星星，
第三个求婚的人敲着我的窗棂。
他是个赤脚的乡村牧童，没有双亲。
他给我的礼物是无家可归的青春。
他走近了门，什么也没有说，
只把坚强的两手伸给了我。
我静悄悄地抓住他的手，
把他领到我的茅屋里头。
我的脸紧贴在他宽阔的胸上：
“来吧，来做这孤儿家的主人。”

兰曼　译

（选自《苏尔科夫诗选》，作家出版社，1956 年）

伊萨科夫斯基（1900—1973）三首

苏联诗人。两次斯大林奖金一等奖获得者。他的许多诗由作曲家配上乐谱传播，成为民间歌曲。

在夏天的田野……

在夏天的田野，在成熟的裸麦里，
姑娘在歌唱：
“告诉我，善良的人们，
我的爱情住在什么地方？
我找它没有找到，
我喊它没有回答……
哪怕只说出一个地址，
哪怕对我只说上一句话！……”

姑娘走着，在叹息，
踏着田里的嫩草。
难道她不了解

我是她的邻居；
或许有一点儿
她根本不知道，
世界上最可靠的地址
就在我的心里。

兰曼　译
（选自《祖国之歌》，新文艺出版社，1958 年）

红莓花儿开

田野小河边红莓花儿开，
有一位少年真使我心爱，
可是我不能对他表白，
满怀的心腹话儿没法讲出来！

他对这桩事情一点都不知道，
少女为他思恋，天天在心焦，
河边红莓花儿已经凋谢了，
少女的思恋一点没减少！

少女的思恋天天在增长，

我是一个姑娘，怎么对他讲，
没有勇气诉说，我尽在彷徨，
让我们的心上人自己去猜想！
（集体译）

喀秋莎

正当梨花开遍了天涯，
河上飘着柔曼的轻纱；
喀秋莎站在峻峭的岸上，
歌声好像明媚的春光。

姑娘唱着美妙的歌曲，
她在歌唱草原的雄鹰；
她在歌唱心爱的人儿，
她还藏着爱人的书信。

啊，这歌声，姑娘的歌声，
跟着光明的太阳飞去吧！
去向远方边疆的战士，
把喀秋莎的问候传达。

驻守边疆年轻的战士，
心中怀念遥远的姑娘；
勇敢战斗保卫祖国，
喀秋莎爱情永远属于他。

正当梨花开遍了天涯，
河上飘着柔曼的轻纱；
喀秋莎站在峻峭的岸上，
歌声好像明媚的春光。

寒柏　译

（选自《外国名歌200首》，人民音乐出版社，1958年）

西蒙诺夫（1915—1979）一首

苏联作家。主要作品有小说《日日夜夜》，剧本《俄罗斯人》《异邦暗影》，诗歌《友与敌》等。诗作《等着我吧……》在苏联卫国战争年代里广为流传。

等着我吧……

——献给 B.C.

等着我吧——我会回来的。
只是你要苦苦地等待，
等到那愁煞人的阴雨
勾起你的忧伤满怀，
等到那大雪纷飞，
等到那酷暑难挨，
等到别人不再把亲人盼望，
往昔的一切，一股脑儿抛开。
等到那遥远的他乡
不再有家书传来，

等到　起等待的人
心灰意懒——都已倦怠。

等着我吧——我会回来的，
不要祝福那些人平安：
他们口口声声地说——
算了吧，等下去也是枉然！
纵然爱子和慈母认为——
我已不在人间，
纵然朋友们等得厌倦，
在炉火旁围坐，
啜饮苦酒，把亡魂追荐……
你可要等下去啊！千万
不要同他们一起，
忙着举起酒盏。

等着我吧——我会回来的：
死神一次次被我挫败！
就让那不曾等待我的人
说我侥幸——感到意外！
那没有等下去的人不会理解——
亏了你的苦苦等待，

在炮火连天的战场上，

从死神手中，是你把我拯救出来。

我是怎样死里逃生的，

只有你和我两个人明白——

只因为同别人不一样，

你善于苦苦地等待。

苏杭　译

（选自《诗刊》1980 年第 6 期）

寓教于乐

一首诗仅仅具有美是不够的，还必须有魅力，必须能按作者愿望，左右读者的心灵。你自己先要笑，才能引起别人脸上的笑容，同样，你自己得哭，才能在别人脸上引起哭的反应。

诗人的愿望应该是给人益处和乐趣，他写的东西应该给人以快感，同时对生活有帮助。……寓教于乐，既劝谕读者，又使他喜爱，才能符合众望。

诗歌就像图画：有的要近看才看出它的美，有的要远看；有的放在暗处看最好，有的应放在明处看，不怕鉴赏家锐敏的挑剔；有的只能看一遍，有的百看不厌。

世界上只有某些事物犯了平庸的毛病还可以勉强容忍。……唯独诗人若只能达到平庸，无论天、人或柱石都不都容忍。

——贺拉斯

古希腊

萨福（公元前610—？）两首

古希腊女抒情诗人。作品风格朴素自然，感情真挚强烈，极为古代希腊作家所称颂。

相 思

妈呀，亲爱的妈呀！
　　我哪里有心织布，
我已经充满了
　　对那个人的爱慕。

给所爱

他就像天神一样快乐逍遥[①]，
他能够一双眼睛盯着你瞧，

① 诗中的“你”是一位新娘，而此行中的“他”是筵席上坐在新娘旁边的新郎。

他能够坐着听你絮语叨叨，
　　好比音乐。

听见你笑声，我的心儿就会跳，
跳动得就像恐怖在心里滋扰；
只要看你一眼，我立刻失掉
　　言语的能力；

舌头变得不灵；噬人的热情
像火焰一样烧遍了我的全身；
我眼前一片漆黑；耳朵里雷鸣；
　　头脑轰轰。

我周身淌着冷汗；一阵阵微颤
　　透过我的四肢；我的容颜
比冬天草儿还白；眼睛里只看见
　　死和发疯。

周煦良　译

（选自《外国文学作品选》第一卷，上海译文出版社，1979 年）

柏拉图（前427—前347）一首

古希腊唯心主义哲学家。著有《理想国》《法律篇》《裴多篇》等。此外，还写有不少抒情诗。

歌

我把苹果丢给你，你如果对我真心，
就接受苹果，交出你的处女的爱情，
如果你的打算不同，也拿起苹果想想，
要知道你的红颜只有短暂的时光。

杨宪益　译

（选自《世界文学》1961年8—9月号）

阿斯克雷比阿底斯　两首

古希腊抒情诗人，公元前三世纪（生卒年不详）出生于萨摩斯岛。约在公元前270年即已名重一时。他的作品主要是爱情诗歌和警句。他运用一种特殊的诗律进行创作，被称为“阿斯克雷比阿底斯体”。以后，贺拉斯在《颂诗》中也采用这种诗体。

歌

你舍不得处女年华吗？那有什么关系？
当你到了阴间，你将找不到人爱你，
爱情的欢乐属于人世，等你到了幽府，
处女啊，我们长眠，只留下白骨和尘土。

歌

狄杜密用她的柔枝将我紧紧擒拿，
看见她的美貌，我像蜡在火上熔化，

皮肤黑有什么关系？看那黑色的炭，

燃着了它，就变得像玫瑰一般红艳。

杨宪益 译

（选自《世界文学》1961 年 8—9 月号）

润色，再润色

从从容容写作吧，不管人怎样催逼，
万勿以敏捷自豪，求迅速只是傻气：
你说你笔头很快，一篇诗走笔而成，
这不说明你多才，只说明你欠精审。
我宁爱一条小溪流过细软的沙上，
徐徐地蜿蜒流过那开花的草场，
而不爱泛滥的洪流像骤雨一般翻滚，
在泥泞的地面上夹着砂石而奔腾。
劝你从容地忙着，总不要失掉耐心，
还要十遍、二十遍修改你的作品：
要不断地润色它，润色，再润色才对；
有时候可以增添，却常要割爱删弃。

——布瓦洛

美　国

朗费罗（1807—1882）两首

美国杰出的诗人。一百多年来，他的诗在美国和欧洲拥有广大的读者，获得很高的声誉。世界和平理事会曾把他列为1957年纪念的世界文化名人之一。主要代表作有《奴役篇》《哈依瓦撒之歌》《伊凡吉琳》等。

恩底弥翁*

当空的皓月掩蔽了星辰；
她平射的清辉如金色的条纹，
　洒落在葱绿的园林，
　交错着暗褐的浓荫。

河川闪烁着银白的荧光，
恰似黛安娜在沉酣的梦乡

---

* 恩底弥翁，希腊神话中的美少年。一天晚上，他在山坡上睡觉，月神黛安娜看见了他，在他的唇上吻了一下，把他惊醒。黛安娜为了使他的青春和美貌永远不变，就设法使他长睡不醒，每夜去吻他一次。

把她的　弯银弓
丢落到草原中。

夜色是这么清幽、宁静，
她以一吻把恩底弥翁惊醒，
他正睡在树林中，
不曾梦见她的爱情。

像黛安娜的吻，不用求，不用找，
爱情会自己献身，然而买不到；
没有一丝儿声响
泄露它深情的凝望。

一切情感的峰顶——
美丽、自由的爱情
孤单单、静悄悄地来临，
寻觅那被选中的一人。

爱情扬起了繁枝，枝下的黑影
是生活的忘却，灵魂的倦寝；
当他沉沉入梦的时分，

爱情在他[1]的睡眼上轻吻。

哦，熟睡的眼！哦，疲惫的心！
哦，被命运的恐怖和酸辛
折磨得萎靡不振的灵魂！
将会有人爱你们！

没有人像他这样命苦，
没有人像他这样孤独，
可是自有那陌生的心灵
与他的心灵同声相应。

相应，——像是天使用无形的翅膀
把那战栗的心弦拂响；
在一曲清歌里柔声低唱：
“这么久，你逗留在什么地方？”

① “他”指“被选中的一人”。

少女时期

少女！有温柔的暗褐色眼睛，
在瞳孔里偃伏着翳影，
有如晚空出现的晦暝。

你的卷发和阳光斗艳，
结成一条金色的发辫，
像是汇合众流的清涧。

你的疲弱的两脚站在
小溪与河川相遇的地方，
幼年与成年递嬗的时光。

你以畏怯的眼光凝望：
凝望小溪的汩汩奔忙，
凝望河川的茫茫宽广！

那流荡的河川，深湛、静谧，
在你看来是多么奇丽，
仿佛流荡在美好的梦里。

那么，当你望见光明的天仙
召唤你前往幸福的乐园，
你为什么又踌躇不前?

莫不是你瞥见了掠过的黑影，
犹如鸽子的惊恐的眼睛
瞥见了苍鹰的影子在飞行?

莫不是你听见了河岸上的声音?
这些声音我们听不清，
耳朵已经被瀑布震聋。

哦！晨昏祈祷的孩子！
生活里有流沙，生活里有陷阱！
忧伤和衰老会蓦然来临！

宛如抑扬的甜美的音乐，
清晨转瞬掠入了午刻，
五月转瞬滑到了六月。

童年是嫩枝，枝上睡着
成群的鸟儿，繁茂的花朵；
而老年：枯枝被白雪覆没。

趁你青春的心潮泛涨，
采集鲜花，当它们盛放，
用来薰香那白雪的篷帐。

拈一朵百合在你的手上，
黄铜大门也不能阻挡
那根轻轻一触的魔杖。

经历遍悲痛、屈辱和哀怜，
把青春的露水留在你心间，
把真理的微笑留在你唇边。

哦，那露水有如灵药，
将潜入难以愈合的伤口，
像睡意阖拢我们的双眸；

而那微笑如太阳的光明，
将照亮无数晦暗的心灵，
你就是上帝的一丝笑影。

杨德豫　译

（选自《朗费罗诗选》，人民文学出版社，1959 年）

惠特曼（1819—1892）两首

美国最伟大的诗人。主要诗集《草叶集》在1855年出版，以后不断重版，每版都有新诗补充。他的诗歌热情奔放，确立了不受传统格律束缚的自由诗的地位，用新的形式表达民主思想，对种族、民族和社会压迫表示强烈抗议。他的创作对美国和欧洲诗歌的发展很有影响。

从滚滚的人海中

从滚滚的人的海中，一滴水温柔地来向我低语：
“我爱你，我不久就要死去；
我曾经旅行了迢遥的长途，只是为的来看你，和你
　　亲近，
因为除非见到了你，我不能死去，
因为我怕以后会失去了你。”

现在我们已经相会了，我们看见了，我们很平安，
我爱，和平地归回到海洋去吧，
我爱，我也是海洋的一部分，我们并非隔得很远，
看哪，伟大的宇宙，万物的联系，何等的完美！
只是为着我，为着你，这不可抗拒的海，分隔了我们，
只是在一小时，使我们分离，但不能使我们永久地分离，
别焦急，——等一会——你知道我向空气、海洋和大
　　地敬礼，
每天在日落的时候，为着你，我亲爱的缘故。

从永久摇荡着的摇篮里（节选）

抚爱！抚爱！抚爱！
后浪亲密地抚爱着前浪，
后面又有另一个浪头，拥抱着，冲击着，一个紧卷
　　着一个，
但我的爱侣，却不来抚爱我，不来抚爱我！

迟上的月亮低垂在天边，
步履蹒跚地走着，——啊，我想它负着爱的重荷，
　　负着爱的重荷，

啊，海洋也正疯狂地，和陆地亲吻，
满怀着爱，满怀着爱。

啊，清夜哟！我不是看见我的爱侣在浪头上飞翔么？
在白浪中的那小小的一点影子是什么呢？

大声吧！大声吧！大声吧！
我大声叫唤着你，我的爱侣哟！

我把我的声音高昂而分明地向着海浪投去，
你一定会知道谁在这里，在这里，
你一定会知道我是谁，你，我的爱侣哟！

你低垂的月亮，
在你的黄光中，那小小的黑点是什么呀？
啊，那是她的影子，那是我的爱人的影子！
啊，月亮哟，别再扣留她使她不能回到我这里。

陆地哟！陆地哟！陆地哟！
无论我走到哪里去，啊，我总想着，你能够把我的
　　爱侣送回来，只要你愿意，

因为无论我向哪里看，我好像真的在朦胧中看见了
　　我的爱侣。

啊，你高空的星星哟！
也许我这样渴想着的人正跟着你们一同升起，一同
　　升起。

啊，你歌喉，你颤抖着的歌喉哟！
在大气中发出更清晰的歌声吧！
让你的声音深入大地，穿透树林！
我渴望着的人，一定会在什么地方听见你！

楚图南　译

（选自《草叶集》，人民文学出版社，1978 年）

智 利

加·米斯特拉尔（1889—1957）一首

智利著名女诗人。1945 年获诺贝尔文学奖。作品大多描写农民的痛苦，表达妇女渴望解放的心情，对被压迫者表示同情。主要作品有诗集《绝望集》《柔情集》《有刺的树》《葡萄压榨机》等。

我喜欢爱情

它在田野上自由漫步，它在清风中展动翅膀，
它在丽日下纵情欢跳，它把松林点缀得辉煌。
你真不该将它遗弃，像扔掉一种坏的思想。
　　你必将遇到爱的甜浆！

它说钟的语言，它讲鸟的话腔，
羞答答的恳求，海洋般的命令。
你真不该横眉冷对，做出畏难的模样。
　　你必将倾听爱的喧响！

它绘尽主人的蓝图，回避不会使它退让；

它绽裂鲜花的瓶子，它破开深深的冰床。
你真不该对它说，你拒绝留住春光。
　　你必须款待爱的造访！

它在机智的反驳中握有敏锐的道理，
它有学者的论据，但使用的是女人的柔腔，
你真该有人的理智，而不是玄妙的思想。
　　你必须坚信爱的力量！

它给你缠上亚麻绷带，你须忍受创伤。
它献给你温馨的臂膀；你不知它遁向何方。
它走了。你神魂颠倒地尾随，尽管你发现：
　　你必须追随它，直到死亡……

孔令森　译

（选自《诗刊》1980 年第 6 期）

巴·聂鲁达（1904—1973）三首

智利诗人。生于一个火车司机家庭。著有诗集《二十首情诗和一支绝望的歌》《地球上的居所》等。1950年发表他一生最重要的作品《漫歌集》，著名长诗《伐木者醒来吧》即其中一章。他的诗题材广阔，格调清新，想象丰富，语言绚丽，以优美的抒情和深邃的哲理见长；在表现方法和形式上有多种新的探索。他以其诗作“具有自然力般的作用，复苏了一个大陆的命运和梦想”，而于1971年获诺贝尔文学奖奖金。

聂鲁达曾三次来华访问，写过不少歌唱新中国的诗篇。

你的微笑

你需要的话，可以拿走我的面包，
可以拿走我的空气，可是
别把你的微笑拿掉。

这朵玫瑰你别动它，
这是你的喷泉。
甘霖从你欢乐当中
一下就会喷发，
你的欢愉会冒出
突如其来的银色浪花。

我从事的斗争是多么艰苦，
每当我用疲惫的眼睛回顾
常常会看到
世界并没有天翻地覆，
可是，一望到你那微笑
冉冉飞升寻我而来，
生活一切的大门
一下子就都为我打开。

我的爱情啊，
在最黑暗的今朝
也会脱颖出你的微笑，
如果你突然望见
我的血洒在街头的石块上面，
你笑吧，因为你的微笑

在我的手中
将变作一把锋利的宝刀。

秋日的海滨，
你的微笑
掀起飞沫四溅的瀑布，
在春天，爱情的季节，
我更需要你的微笑
它像期待着我的花朵，
蓝色的、玫瑰色的
都开在我这回声四起的祖国。

微笑，它向黑夜挑战，
向白天，向月亮挑战，
向盘绕在岛上的
大街小巷挑战，
向爱着你的
笨小伙子挑战，
不管是睁开还是闭上
我的双眼，
当我迈开步子
无论是后退还是向前，

你可以不给我面包、空气
光亮和春天，
但是，你必须给我微笑
不然，我只能立即长眠。

和她在一起

正因为时世艰辛，你要等着我：
让我们怀着希望去生活。
把你纤细的小手给我：
让我们去攀登和经受，
去感受和突破。
我们曾闯过荆棘之地，
屈身过石块堆砌的窝里，
我们又重新结成伴侣。
正因为岁月漫长，你要等着我：
带上一只篮子、你的铁锨，
你的衣履。

我们现在要做的
不仅仅是为了石竹和丁香，

也不是去寻找蜜糖：
需要用我们的手
去冲刷，去放火，
看这险恶的世道是否敢
　与这坚定的四只手和四只眼挑战。

以上　陈光孚　译
（选自《诗刊》1980 年第 9 期）

诗之六

我记得你去秋的神情。
你戴着灰贝雷帽，心绪平静。
黄昏的火苗在你眼中闪耀。
树叶在你心灵的水面飘落。

你像藤枝偎依在我怀里，
叶子倾听你缓慢安详的声音。
迷惘的篝火，我的渴望在燃烧。
甜蜜的蓝风信子在我心灵盘绕。

我感到你的眼睛在漫游，秋天很遥远：

灰色的贝雷帽、呢喃的鸟语、宁静的心房，
那是我深切渴望飞向的地方，
我欢乐的亲吻灼热地印上。

在船上瞭望天空。从山岗远眺田野。
你的回忆是亮光、是烟云、是一池静水！
傍晚的红霞在你眼睛深处燃烧。
秋天的枯叶在你心灵里旋舞。

王永年　译
（选自《世界文学》1980 年第 3 期）

一切好诗都是强烈情感的自然流露。
诗是一切知识的菁华，它是整个科学面部上的强烈表情。
诗是一切知识的起源和终结——它像人的心灵一样不朽。

——华兹华斯

古 巴

何塞·马蒂（1853—1895）一首

古巴民族英雄、独立革命领袖、诗人。其一生为祖国的独立进行了不屈不挠的斗争，并在斗争中献出了自己的生命。他的诗作，主要有《伊斯迈利略》《纯朴的诗》《自由的诗》等。

我走遍所有的村庄寻找你……

我走遍所有的村庄寻找你，
一直找到白云飘飘的天涯，
为了找到你的影子，
我在山谷里采了很多鸢尾花。

花儿对我愁苦地倾诉：
“你随身带来了多少痛苦！
你何必采集蓝色的花儿，
她已经选中了黄色的花束。”

怎么一回事呀？我走遍了天下，

昨天终于把你找到，
可是我那颗跳动着的心，
却忽然不属于我的了！

乌兰汗　译
（选自《马蒂诗选》，人民文学出版社，1958 年）

各门艺术都有一种源流关系。每逢看到一位大师，你总可以看出他吸取了前人的精华，就是这种精华培育出他的伟大。

——歌德

巴　西

卡·阿尔维斯（1847—1871）一首

巴西诗人。所写诗歌热情奔放，富有资产阶级民主革命精神，有“奴隶歌手”之称。主要作品有诗集《非洲的呼声》《黑奴集》和《浮沫》等。

爱情的船夫

（船曲）

黑夫人

你的眼睛黑又黑，
像是没有月色的夜晚……
你的眼睛火热而深沉，
像是海上的乌云一片。

漂浮在爱情的大船上，
漂浮在人生的海面，
你的一双眼睛照耀在

爱情的船夫的额前。

你的歌声是索伦托[①]的
宫殿中发出的卡瓦丁纳[②]，
那边的海滩在吻着波浪，
波浪又不断地吻着风雨。

正像在意大利美好的夜色里，
打鱼的人总爱听一首小歌一样，
爱情的船夫也在你的歌声中，
啜饮品尝着和谐悦耳的音响。

你的微笑像是黎明的曙光，
把天边照得通红似火，
——像是一朵灿烂盛开的玫瑰，
挺着天上红鸟的尖喙。

在生命的种种暴风雨之中，
在漫天怒吼的狂风里面，
黑夜已经消逝无踪，

---

① 索伦托：意大利城市名，在那不勒斯湾，风景优美。
② 卡瓦丁纳：意大利的一种短歌。

黎明出现在爱情的船夫面前。

你的胸脯是一个海波，
在柔和的月光下发着金光，
它随着激情的喃喃细语，
赤裸着喘气，起伏升降。

如果能够沿着你纤长的脖颈，
在思念中划桨、沉船、消失无形，
这对爱情的船夫来说，
将是多么甜蜜的事情?!

你的爱是黑暗中的一颗明星，
是静寂中的一首歌曲，
是风平浪静中的一阵和风，
是狂风中的一处藏身之隅。

所以，亲爱的，我爱你，
无论是在欢乐或是在痛苦中……
玫瑰！歌曲！黑影！星星！
爱情的船夫永不改变初衷！

亦潜 译

（选自《卡斯特罗·阿尔维斯诗选》，人民文学出版社，1959年）

艺术有它自己的规律

艺术并不完全服从自然界的必然之理，而是有它自己的规律。

一般地说，我们都不应把画家的笔墨或诗人的语言看得太死、太窄狭。一件艺术作品是由自由大胆的精神创造出来的，我们也就应尽可能地用自由大胆的精神去观照和欣赏。

作为诗人，我的方式并不是企图要体现某种抽象的东西。我把一些印象接受到内心里，而这些印象是感性的、生动的、可喜爱的、丰富多彩的，正如我的活跃的想象力所提供给我的那样。作为诗人，我所要做的事不过是用艺术方式把这些观照和印象融会贯通起来，加以润色，然后用生动的描绘把它们提供给听众或观众，使他们接受的印象和我自己原先所接受的相同。

我写诗向来不弄虚作假。凡是我没有经历过的东西，没有迫使我非写诗不可的东西，我从来就不用写诗来表达它。我也只在恋爱中才写情诗。

——歌德

墨西哥

密·瓜尔兑亚（1924— ）两首

墨西哥著名诗人，运用日常口语的大师和文体家。他的诗歌的节奏、意境以及每个字所引起的联想，既新鲜又动人，给人一种快感，在西班牙语诗坛中占有独特的地位。

会 见

夜里，
你沉重地进入我的记忆——
你，在眼前又很遥远：
我的双手静静地，
怎样搭在你安详皮肤的双肩；
那阴影、那片刻，
怎样珍惜那一去不返、
波澜起伏的
爱情的片段；
你的出现使我迷糊，
像一朵光赤的花，一个光环，
当黄昏到来，

与你真正会见
我几乎不敢看你的容颜。

等 待

愿一切都立即消逝，
亲爱的，愿一切都归沉寂；
愿一切都呼吸透明的空气，
愿一切都变得晶莹清晰，
愿心房跳动匀称、有力。
我不希望见到你不快、生气，
又被苦痛侵袭。
愿一切都变得安详、
清洁无尘：
我只是等待你，
孑然一身。

（但是，爱情啊，这种疑惧，
这种深沉的忧郁，
　这种忧郁……）

叶君健　译
（选自《诗刊》1980 年第 2 期）

澳大利亚

朱迪丝·赖特[*] （1915— ）两首

澳大利亚当代最有影响的诗人之一。她的第一本诗集《运动的形象》在1946年出版后，她就被公认为一位很有成就的诗人。

恋人伴

我们在世上相会又别离。
我们，一对迷惘的侣伴，
在黑夜中握手无言，
在短暂的幸福中，忘却了黑暗。
我们向往过许多，现在都抛弃，
只为了这一件，这一件，
到了那狭窄的墓穴里，
我们将永远孤单。

死神已向我们袭来。

---

* 朱迪丝·赖特已于2000年去世。——本版注

他的脚步声已传到我们耳边。
快用你火热的胳臂搂住我冰凉的胸脯，
现在我已忘掉了一切恐惧忧烦。
在黑夜里摸我抱我吧，
黑暗的前奏曲已经响成一片，
死神的绳索已经伸向
我们这对热恋的侣伴。

我们的爱情多么自然

我们的爱情多么自然，
野兽也把脚步放慢，
轻轻地来到
我们的爱情之岸。

我的眼睛盯着你，
你也向我紧看，
像是蜜蜂见了蜜糖，
犹如烈焰烧向烈焰。

我们本该做伴，

每当你我相见，
星光在树梢上闪烁，
鸟兽也回窝安眠。

当你不在我的身边，
我的心沉重如铅。
我能听到人间的呼吸，
尽管它离我们很远。

我的心缩成一团，
缄默无言，
遥看青山之巅，
一场山崩难于幸免。

我们的爱情多么自然——
但我又感到忧烦，
我想伸手将你抚摸，
可你却不在我的身边。

刘伟平　译

（选自《外国文学》1980 年第 4 期）

一个伟大的作家必须天生有健全和壮盛的想象力，才能够从外界的事物取得生动的观念，把这些观念长期保留，及时把它们组合成最能打动读者想象的辞藻和描写。诗人应该费尽苦心去培养自己的想象力，正好比哲学家应当费尽苦心去培养自己的想象力，正好比哲学家应当费尽苦心去培养自己的理解力。

——爱迪生

欧美民歌

鸽 子

（罗马民歌）

蓝色的鸽子，你飞向何方？
请缓缓飞到我的近旁，
给我丢下一支羽毛，
好让我写信给远方姑娘。

我用羽毛蘸上热血，
在信上刻画我的心。
这封信饱藏着诚挚的爱，
请你捎给我心上的人。

如果她甜睡还没有醒来，
请留下信，悄悄飞开。

失去的心

（拿波里民歌）

在孤独的痛苦中，
我听见海浪的喧嚣声，
在海边深深的沙堆里，
我失去了心灵。

我痛苦地发问：
“你没见到我的心吗？”
船夫回答我说：
“你去问问亲爱的她。”

亲爱的，我恳求你，
求你可怜可怜我！
我一颗心也没有，
可是你却有两颗。

我是你的，永远是你的，
在分离时别忘了我。
我把我的心给你，

你把你的心给我!

注：以上两首是马克思收集的民歌。

胡双宝 译

（选自《延河》1958 年第 5 期）

冬天的花

（德国民歌）

深深的白雪遮盖了
郊外的阡陌和山峦。
我怎能找到一朵玫瑰
在这样严寒的冬天?

可是我找到了这朵花儿，
现在她永远属于我。
在冬天她也依然盛开，
严寒不能使她畏缩。

这朵花就是我的未婚妻，
清晨她就歌声婉转，
她那双春天似的眼睛

闪耀着天空的蔚蓝。

如果你要问：在冬天
怎能把玫瑰找到？
通向爱人的心的小路
你应该首先去寻找。

爱情的考验

（古莱茵民歌）

一个青年和一个姑娘
坐在菩提树的浓荫下，
他们立下了海誓山盟，
倾吐了说不尽的情话。

他说："我亲爱的人儿，
我就要到很远的地方去，
一去就是长长的七年……"
她回答他说：我等着你！

会面的时候终究到了，

姑娘把鲜花插在头发上，
然后走进了翠绿的树林，
林中处处是春天的阳光。

清爽的树林沙沙地响着。
忽然来了一个骑马的人。
帽檐遮住了他的脸。
“你好！”他说，“告诉我，
为什么你这样的忧愁？
为什么独自徘徊在林间？”

“我在等候着我的爱人，
他说过要回到我的身旁。
可是长长的七年过去了，
我等着，他却不知在何方……”

“你一定会等得很久、很久。
我来这里前参加了婚礼。
你的爱人已经结过婚了，
他娶的是别人，不是你，
在分手的时刻，告诉我，
有什么祝贺要给他带去？”

那位姑娘轻轻回答道：
“希望我的爱人长寿健康，
我希望他感到万分欢乐，
好像许多明星挂在天上。”

骑马的人立刻把脸露出，
接着从手上脱下了戒指，
温柔地跪倒在她的脚前：
“戴上吧，你就是我的妻子！
我没有对你白白地发誓，
忠诚的爱人又和你团聚。”

相爱的人们不需要多少话。
姑娘的晶莹的泪向外涌流，
好似春天的初次的暴雨，
把刚才的悲哀一齐冲走。

“不要难过，”他对未婚妻说，
“我们将永远也不再离分。
我不过想再一次考验一下：
你的爱情有多么深沉。

假如在我们见面的时候，
我听到的是狠毒的话语，
那么，我可以发誓，从今天起
我们再也不会留在一起。”

注：以上两首是马克思收集的民歌。

刘锡成　译
（选自《译文》1958年第12期）

我怎能离开你

（德国民歌）

我怎能离开你，
我怎能舍得你！
爱人请你相信，
我只爱你。
你占有我的心，
它和你紧相连，
世界上除了你，
我无所恋！

有一朵蓝色的花，

名字叫“勿忘我”，
佩戴在你胸前，
思念着我！
鲜花总会凋谢，
希望也会幻灭，
只有爱情长存，
永久不变！

我愿意做小鸟，
飞到你身旁去，
老鹰我无所惧，
疾飞向前。
我若被人打死，
就落在你脚边，
你不用悲伤，
我死也甘愿。

邓映易　译
（选自《外国歌曲》第二集，人民音乐出版社，1979年）

变 形

（法国民歌）

“如果你还在后面跟，
像是多情人，
我就变鲤鱼，
游在池水心，
你还是得不到
我快乐的心。”

“如果你要变鲤鱼，
游在池水心，
我就变一个
水上的捉鱼人，
捉的是鲤鱼，
游在池水心。”

“如果你要变一个
水上捉鱼人，
我就变玫瑰，
芳草地上生，
你还是得不到

我的情意深。”

“如果你要变玫瑰
芳草地上生，
我就把形变，
变成种花人，
采的是玫瑰花，
芳草地上生。”

“如果你要把形变，
变成种花人，
我就变星星，
在天青又青，
你还是得不到
我快乐的心。”

“如果你要变星星，
在天青又青，
我就变流云，
流云白又净，
追的是星星，
在天青又青。”

“如果你要变流云，
流云白又净，
我就交给你，
我快乐的心，
哥哥来领路，
在天青又青。”

沈宝基　译

过了礼拜一是礼拜二

（波兰民歌）

“过了礼拜一是礼拜二，
过了礼拜二是礼拜三。
你这位漂亮的姑娘，
陪嫁可有多少财产？”

“用不着叹气问我，
有多少钱，多少地，
你最好先问一问我，
是不是愿意嫁给你。

“谁也不能永远漂亮，
谁也不能永远有财产。
一个姑娘的高尚品格，
胜过天下的任何财产！”

孙讳　译
（选自《译文》1958年第12期）

苏丽珂

（格鲁吉亚民歌）

为了寻找爱人的坟墓，
天涯海角我都走遍，
但我只有伤心地哭泣，
“我亲爱的你在哪里？”

丛林中间有一株蔷薇，
朝霞般地放光辉，
我激动地问那蔷薇，
“我的爱人可是你？”

夜莺站在树枝上歌唱，
夜莺夜莺我问你，
“你这唱得动人的小鸟儿，
我期望的可是你？”

夜莺一面动人地歌唱，
一面低下头思量，
好像是在温柔地回答：
“你猜对了，正是我！”

孙维善 译

（选自《外国歌曲》第二集，人民音乐出版社，1979 年）

油污的裤子

（英格兰民歌）

早晨我出去走上一遭，
那晴朗的天气多美好，
我无意中听到一位母亲
对她女儿说道：“女儿，
大家想喝你的喜酒，
那独身的生活真够受！”

那女儿说：“别急，
我要等待我那快活的水手。”
“水手命定要到处漂荡，
要乘着那风浪去远方；
他一定会使你心儿破碎，
充满痛苦、悲伤。”
“妈妈，要我配别的新郎，
把我心中欢乐全扫光！
我只爱那水手，
他油污的裤子在我
眼中闪亮。”

周枫　董翔晓　译

（选自《外国名歌选》，上海译文出版社，1980 年）

骊 歌

（夏威夷民歌）

看那乌云已遮没了山顶，
啊，离别的时刻已经来临，
我不能留你在我的怀中，
只能默默隐藏这颗悲痛的心。

你听海涛不住地哭号奔腾，
那就是我心中呜咽的回声，
我的热情常燃烧在我心中，
我要等待直到我们再相逢。

啊，再会吧！啊，再会吧！
我要时刻等你在那百花丛中，
紧紧拥抱，最后一吻，
祝福你到再相逢。

邓映易　译

在路旁

（巴西民歌）

在路旁啊在路旁啊有个树林，
孤孤单单人们叫它撒力登，
在那里面住着一个美丽的姑娘，
我一见她就神魂飘荡。

美丽的姑娘你抢走了我的灵魂，

我也决不让你独自安静，
我要占有你那迷人的心房，
因为我已经深深地爱上你。

假如这条路它是属于我，
那我一定要请人们来装饰，
在那路上我要镶着美丽的宝石，
让我们甜蜜地度过青春。

汪德健　译
（选自《中外歌曲300首》，浙江人民出版社，1979年）

诗的质地不是靠配置韵律、格式一致或者对事物抽象的爱，也不靠哀诉或者好的训诫，诗的质地是这些以及许多别的东西的生命，它是在灵魂里面。

——惠特曼

请记下你与日子的美好相遇

请记下你与日子的美好相遇

请记下你与日子的美好相遇

请记下你与日子的美好相遇

请记下你与日子的美好相遇

请记下你与日子的美好相遇

请记下你与日子的美好相遇

请记下你与日子的美好相遇

请记下你与日子的美好相遇

请记下你与日子的美好相遇

请记下你与日子的美好相遇

请记下你与日子的美好相遇

请记下你与日子的美好相遇

请记下你与日子的美好相遇

请记下你与日子的美好相遇

请记下你与日子的美好相遇